Lluís Racionero i Grau

CERCAMÓN

Edicions 62, Barcelona

Aquesta obra, que obtingué el Premi Prudenci Bertrana 1981, fou publicada a la col·lecció «El Balancí» el 1982 i ha assolit set reedicions.

Coberta de Jordi Fornas amb una il·lustració del *Beatus* de Girona, cedida gentilment pel Museu Capitular de la catedral de Girona.

Edició especial per a la Caixa d'Estalvis de Catalunya, 1986.

Drets exclusius d'aquesta edició (incloent-hi el disseny de la coberta):
Edicions 62 s/a., Provença 278, 08008 Barcelona.

Imprès i enquadernat a Printer, Ind. Gràfica s/a.,
Provença 388 - 08025 Barcelona / Sant Vicenç dels Horts.
Dipòsit legal: B. 6.704-1986.
ISBN: 84-297-2465-6.

Lluís Nicolau d'Olwer, Joaquim Miret i Sans,
Josep M. Millàs Vallicrosa, Josep Pella i Forgas

Manibus gratitudine docentia dedicantur

I am a Catalan. Today Catalonia is a province of Spain. But before Catalonia was a nation and perhaps the greatest nation in the world. I shall tell you why: Catalonia had the first Parliament, long before England did, and it was in Catalonia where there was a start of «United Nations». All authorities of Catalonia met in the XI century at Toluges —today a French city, then belonging to Catalonia— to speak of peace: they invented the Truce of God.

Pau Casals
United Nations General Assembly
October, 24, 1971

Jo sóc català. Avui Catalunya és un grup de províncies d'Espanya. Però abans Catalunya era una nació, potser ha estat la nació més gran del món. Us diré per què: Catalunya va tenir el primer Parlament, molt abans que Anglaterra. I fou a Catalunya on hi va haver un principi de «Nacions Unides». Totes les autoritats de Catalunya es van reunir el segle XI a Toluges —una ciutat que avui pertany a França, però que abans era de Catalunya— per parlar de pau: van instaurar la Treva de Déu.

Pau Casals
Assemblea General de les Nacions Unides
24 octubre 1971

Primera Part:
LA SOLANA: 967-1045

I. Mundus senescit

Tot va començar quan els terrors de l'any 1000. Jo era llavors a la Seu d'Urgell, convidada per Ermengol de Conflent, el bisbe i cosí germà meu, que oficiava aquella nit paorosa dins la humida i granítica catedral per als terroritzats pagesos de totes les rodalies que s'acollien a l'única protecció possible, la que oferien els murs sagrats i la forta presència del bisbe Ermengol.

En la nit freda, passant pels carrers desolats de la Seu, il·luminats pels focs de les teieres que penjaven a les cantonades, sota les voltes del carrer vell, davant la casa dels pelegrins, mirant els signes, recordava l'estel que, aparegut sobtadament en el cel de setembre, va romandre-hi fins dies enrera, per tal de fugir misteriosament al cant del gall. De presagis funestos i meravellosos no n'han faltat: fam, pestes, estels, dones parint prematurament, animals monstruosos, tot ha prenyat aquesta nit d'impensables possibilitats. Diuen que és la fi del món, jo no crec en la fi del món, com no hi creu el meu cosí Ermengol, ni l'església, però la gent camina sota un cel pesant de presagis i temors, agreujats per la terrible realitat de les devastacions d'al-Mansur. Passi el que passi, hem d'ésser a la catedral per a donar presència d'esperit als súbdits.

L'ofici començà, el cant de la sibil·la, fosca font brollant en la boscúria de cares espaordides, queia sobre nosaltres amb la seva impassible condemna de faltes, predicció de càstigs, exhortació d'esperances. Ni jo mateixa, que el cantava, no el sentia sortir de mi. Fins per a mi era una veu llunyana, davallada d'altres fonts que no dominava. Em vaig deixar posseir pel cant, tot dient coses que, no essent totalment meves, ja no podia deturar. Dreta al mig del chor, centrant la corba de l'absis davant el setial d'Ermengol, la meva túnica verda posava sens dubte una lluor a les tenebres de la gran volta; els cabells rossos i llargs onejaven moguts pel cant, seguint els ritmes tristos i comminatoris, ara esllanguits, ara redreçats, posant llampecs d'or sobre el foc maragdí de la figura, dreçada i ressonant enmig de les tenebres.

Cum ab igne rota mundi
tota coeperit ardere,
saeva flamma concremare,
coelum ut liber plicare,
sidera tota cadere,
Finis seculi venire.
Dies irae, dies illa,
dies nebulae et caliginis,
dies tubae et clangoris
dies luctus et tremoris,
quando pondus tenebrarum
cadet super peccatores...

Mentre el cant emplenava les voltes de pedra i retrunyia dins els cors que s'agitaven, una suprema indiferència em penetrà. Potser el món s'acabava: jo no tenia preferències. El món s'ha fet molt vell: recordava el mestre Gerbert repetint el terrible «mundus senescit» quan el colpien els fets brutals d'aquelles anyades. Sobrevivíem dins el nostre reducte pirinenc, conservant l'última claror d'allò que havia estat la vida mediterrània abans que els bàrbars imposessin a tota la Romània una vida tosca, tancats en castells inhòspits o cavalcant cap a la guerra; homes brutals que no aixequen el cap de les necessitats immediates i els violents desigs: visigots, francs, merovingis, tots ells incapaços de concebre un món on s'alleugi la monotonia que nosaltres, les dones, sentim amb més gran força.

Si aquest món s'acabés, hom no perdria gran cosa, i nosaltres reposaríem d'aquesta incessant sensació de reducte perseguit, en perill d'ésser ocupats per la brutalitat d'aquests bàrbars coronats, com ja va intentar Carlemany, fera vestida amb sedes, cultura artificial d'uns francs que juguen a romans i pretenen cobrir de togues les seves pells odorants de grassa. La vida que imposen i la seva llei és profundament primitiva, els seus reis són capitosts tribals que conserven els hàbits nòmades, marxant d'un palau de fusta a l'altre, passant el temps entre la guerra i la cacera. El seu dret, encara que escrit en llatí, no té res de nostre; són relacions directament oposades a la concepció humana i cívica de la Mediterrània.

Però, i si el món no acabés ara? Aleshores no tindríem excusa: caldria bastir-ne un altre; un món a la nostra imatge, com sempre ha existit en aquestes muntanyes pirinenques i les seves vessants, del Mediterrani fins a l'Aquitània, de l'Ebre al Roine. Pensar això, em dóna vertigen. Jo sé molt bé com podria fer-se; però la tasca, enorme, em depassa i m'aclapara; i no obstant sé que hauré de fer-la, si el món no s'acaba.

Tot això em distragué del meu cant i no veia els rostres espaordits, les mans crispades, els ulls llunyans, perduts en les impenetrables lloses del terra, la resignació i l'esperança que, a entrenyellats intervals, es repartien els sentiments d'aquella gent. Tothom mirava amb vertigen la corda que, enfilant-se per la volta, penjava de la invisible campana a la torre exterior, més enllà de la ressonant i voluminosa cúpula de pedra.

L'hora fatídica arribà, i el campaner, impàvid, es penjà amb totes les forces de la corda, fent colpir el batall; en sentir les primeres campanades, la tensió, per fi, esclatà: crits guturals i feréstecs, moviments espasmòdics, cossos apretats contra cossos garratibats; tota una massa espaordida, inerme, estabornida pel so ominós, aclaparador de la campana, retrunyint dins el temple convertit per fantasia del terror en immensa cripta que engoleix les despulles d'un món fenescent. Dels nostres setials, vèiem la turba onejar com una serp convulsionada, ferida per cada campanada. Una angoixa ofegant s'emparà del meu pit alenant, com si la immensa bèstia dels torbats s'agafés al meu cos i l'oprimís amb tota la força del terror col·lectiu. Així com la moribunda veu passar, en un instant, tota la seva vida davant d'ella, així també la meva vida passà fulgurant per la memòria, revifant els dolços records dels anys de joventut, quan Oliba, Ermengol, jo i els altres parents de la branca comtal de Carcassona, fórem educats per a manar en les terres dels nostres avantpassats

II. Gerbert a Roda

Embolcallada per la boira irreal del somni, trenada amb el soroll de les batallades, vaig recordar la nostra primera visita a Gerbert, aquell dia en què, jovencells encara, anàrem a Sant Pere de Roda, cercant els mestres que vivien en la seguretat d'aquelles soledats. Allí, a Cuixà, a la Seu amb Sala, a Vic amb Otó, o a Ripoll, anàvem a trobar l'educació escaient a la nostra nissaga.

La boira s'havia alçat i el sol apuntava per la carena del mont gris; amb els meus dos cosins, Oliba i Ermengol, caminàvem des de l'alba; anàvem conversant mentre els cavalls, al pas, grimpaven pel corriol que, puntejat de capelles espaiades, pujava la pedregosa muntanya. Oliba aprofitava el pas per aquestes ermites per explicar al seu amic els principis d'un poema.

—Eixes capelles donen al camí els accents d'un poema: cal escandir la teva veu en cadències separades harmoniosament, així l'espai esdevé temps i assoleix el ritme, timó i vela del versificar, que com els rems colpejant l'aigua, porta endavant el vaixell de la poesia. El nostre art de trobar vol que vestim les idees amb un soroll sonor que, entrant per l'orella, embaumi tot el cervell, deixant-lo emocionat i, per tant, més tendre a la impressió de la idea que volem donar-li.

Oliba parlava sempre escoltant-se un xic, com tots aquells que senten el pressentiment o l'ambició de la vida pública. La seva vehemència pel damunt de l'erudició no esqueia ni a sa joventut ni a sa figura un xic malgirbada, que adquiria als meus ulls, alternativament, un aire mig de milhomes i mig de set-ciències.

—Cal, a més, que la idea es vesteixi no sols d'un soroll encisador, sinó també d'una imatge de coses visibles a l'ull interior; perquè allò que no es visualitza, no s'entén. La nostra tasca és un triple trobar: trobar la idea, trobar la imatge de les coses per a fer visible la idea, i trobar les paraules sonores i el ritme escaient per a fer més suggestiu allò que ja veus amb la ment.

—Comprenc, estimat Oliba, que aquesta art t'apassioni. Tanmateix jo n'estic molt lluny, sento més emoció amb l'espasa a la mà que amb les cançons que haig d'escoltar immòbil. La meva emoció no entra per les orelles, ni es configura al cervell ple de belles imatges, sinó que puja pel cos quan els músculs, engerbits i feixucs per l'acció, demanen més sang a les venes.

Ermengol era un jove robust, de front ample i espès cabell negre hirsut davallant vers les celles; un nas gran i aquilí repetint la corba fosca de les celles abundants, i els ulls serens i profunds amb la fogositat alerta de l'energia latent. Oliba era quasi tan alt com ell, però més prim, el crani allargassat i les mans fines, tot ell de pell més clara, inquiet, neguitós, amb aquella espurna de llum a les ninetes dels ulls que anuncia la vivacitat dels homes ardits. Tots dos eren amics de la infantesa i s'entenien molt bé, perquè es complementaven: on un pensava, l'altre actuava; si un llegia, l'altre caçava i després s'ho explicaven: eren la cançó i l'espasa en un fruitós diàleg amical des de la infantesa. Ambdós eren fills de famílies nobles, l'un del Comte d'Urgell, l'altre d'Oliba Cabreta, comte de Besalú i de Cerdanya; anaven vestits com corresponia al seu llinatge, amb túniques de brocat damasquinat, polaines de pell, cinturons de pedreria i camafeus, i amb les espases i arreus dels cavalls lluents i acolorits d'or, maragda i vermell.

Tot caminant, el paisatge canvià: la pedra grisa, pelada, es poblà de roures i suredes fins a esdevenir una veritable selva a través de la qual s'albirava la mar entre les branques. El sol tramuntà al lluny i els arbres es mogueren amb la ràfega alada del capvespre. Era hivern i el fred es precipitava com la foscor, així que el sol declinava. La soledat i el silenci eren totals, llevat de la ventada que batia la muntanya en acostar-se al cim. No es veia res ni sabíem on érem; el monestir aparegué de sobte, inesperat, com un castell ideal materialitzat en aquell moment: era Sant Pere de Roda.

Oliba, Ermengol i jo voltàrem la fàbrica del monestir quan la nit ja tancava; els murs emmerletats retallaven un cel paorós, esdevingut més pesant pel soroll del vent fred que tot ho agitava. Entràrem al pati d'armes i només aleshores ens adonàrem de les dues torres altíssimes bastides amb uns arcs subtils que en cap altre lloc no havíem vist. Admirant aquesta arquitectura nova i desconeguda, donàrem al porter la carta per a l'abat Garí; fórem acomodats per a sopar i dormir i, cansats més per l'emoció que pel llarg viatge, dormírem profundament amanyagats pel so ara llunyà, rera pams d'espessa pedra, de la tramuntana.

De bon matí, Ermengol anà cap a la finestra i féu un crit. Oliba es llevà per mirar: lluny del cel i del mar, com escollint l'espai on, remots, ambdós s'ajuntaven, els caps, les rades i els penya-segats jugaven sinuosament amb el blau del cel i del mar. La llum era tan clara que semblava que se sentís el mar i es veien les crestes escumades, tot el golf era un somriure d'innombrables onades. Des de la vora del mar, la muntanya pujava abruptament, tota coberta pels boscos, fins al castell-monestir que reposa en el lloc dominant més altívol, quiet i ben assentat com un niu d'àligues. El dos joves muntanyencs criats al Pirineu no coneixien el mar, i aquella revelació sobtada, invisible la nit abans, fou el primer enlluernament d'aquella contrada màgica que per a ells havia de ser el monestir de Roda. Sortiren de la cambra al claustre poblat de sorolls d'aigua clara sobre marbre; un monjo els acollí i els portà a les estances de l'abat Garí. L'ancià abat, que tant havia assolit al llarg de la seva vida, era un home en el declinar de la força; sentint propera la mort, reposava prop d'un finestral mirant el punt de la mar blava, al lluny, avall: recordava més que no pensava. Tan sols es distingia dels monjos per un vistós anell amb camafeu romà que ressaltava l'encongida finor de les seves mans creuades.

—Els vostres il·lustres pares volen que us ensenyi totes les arts que aquí conservem i les que rebem de Còrdova. Sé que tu, Oliba, vols ésser literat per a laudar el fin amors que mai no s'acaba, i tu, Ermengol, vols la cort, la caça i l'acció en els camps de batalla. Tots dos sereu instruïts per un igual, que una mateixa ciència pot donar nodriment a les més diverses empreses: nosaltres cultivem l'ars magna que tot ho abasta, car tot és una harmonia que es retroba per mil bandes. Assenyeu-vos de les lleis d'aquest acord i tot podreu deduir-ho tan bon punt la vida us obligui a necessitar-ho.

Després es girà cap a mi i em considerà llargament com si dubtés entre tractar-me com un igual a ells o marcar diferències. Jo no ho sabí mai. Garí continuà amb la seva veu fatigada:

—Tu, Ermessenda, estàs cridada a tasca encara més alta: seràs puntal de la terra, ferma com la muntanya, quieta com el terreny perdurant a través dels trasbalsos; veuràs marit, fill i nét: seràs sàvia. La saviesa no és un resultat de coneixement, sinó un do d'acció; no és savi qui té molta informació o raona subtilment: savi és qui emprèn a cada moment l'acció justa. Això no s'aprèn en els llibres, és més aviat un sentiment, una predisposició que s'adquireix posant-se d'acord amb la naturalesa i deixant-se penetrar per les seves lliçons. Per això pot ser més savi un pastor davant del seu ramat que un canonge voltat de manuscrits.

Els ulls li espurnejaven amb l'amargor i la seguretat d'un home que ha fracassat lúcidament moltes vegades; s'incorporà enardit, posant-se amb gest cansat una mà al front, els ulls se li aclucaven, les venes blaves i botides se li cargolaven com heures violàcies a l'entorn dels dits finíssims. Demanà amb sarcasme:

—Vosaltres sabeu què és la cultura?

Ens traspassà amb els seus ulls de fura, esperant la resposta. Després es deixà caure a la poltrona amb desànim.

—Creia que la vida tenia una mica de bondat: no he trobat més que ambició. El món és una bestiesa immensa.

Digué això últim alçurat, alçant la veu com si volgués fer un retret a l'univers i que algú llunyà ho sentís.

—Llegiu llibres, estudieu tractats, calculeu amb àbacs, manipuleu astrolabis! Tot plegat us farà bé, però no espereu que d'això us en pervingui saviesa. Tan sols un rendiment apassionat a la natura i al vostre destí, una passiva activitat, alertada i humil, us aportaran l'educació que jo voldria per a vosaltres. Us dono per mestre Gerbert d'Aurillac, jove avesat i savi, per bé que un xic artificiós; ell us revelarà tot el que de conegut hi ha en el món: creieu-lo com si fos jo.

»Ara, deixeu-me, senyors. Sóc home que ja només viu de records i poc podria interessar-me pel futur: intueixo un món envellit, decadent, que ja no veuré mai. Potser a vosaltres tocarà de redreçar-lo. Necessitareu tota la ciència i la saviesa que ací hem preservat nosaltres. I amb això, partim, senyors.

Els ulls grisos, envellutats de Garí s'aclucaren pausadament; l'abat i els deixebles, havent intercanviat paraules sublims, servaren silenci; una aroma desconeguda envaí la cambra. Oliba i Ermengol es miraren.

Gerbert habitava una cel·la acarada a mar, al punt on l'aresta del monestir parteix la tramuntana. L'estança era quadrada amb sostre piramidal, rematada amb lucernari; als quatre cantons, altres tantes llars de foc, forns i alcoves on es guardaven alambins i retortes com cigonyes. Jo veia els dos amics tan astorats que no sabien on eren. En un costat vora el finestral, un home dret llegia reclinat al faristol amb la llum contraclaror, mirant a ponent. Es girà i en l'aurèola enlluernant de la llum que l'envoltava, els joves idealitzaren una figura irreal vestida de llum que semblava a la vegada poderosa i ingràvida. El seu nas fi i arquejat, perfilat com les celles retallades, les mans allargades i fines, mans fetes més aviat per a càlam i astrolabi que per a arnès i ferros, mans acostumades a la suavitat del pergamí i a amanyagar un camafeu, que res no sabien de llaurar o de l'espasa, revelaven un home que no era del seu temps. Amant dels cavalls només per als viatges, cercava les estofes d'orient i li agradava abandonar els seus ulls grans i negres a l'encís fulgurant de les gemmes que col·leccionava. La seva lectura de capçalera era l'Apocalipsi de Sant Joan il·lustrat pel Beatus de Lièbana amb aquells dibuixos irreals que la imaginació mai no apamava; Virgili i Boeci eren els seus models literaris i quan el seu cap es trobava cansat pels rigors de la matemàtica, cercava en la música esbargiment per a la seva sensibilitat de poeta. Dir que Gerbert no era un home del seu temps, fi com un grec, clar com un etrusc, delicat com un tartessi, és el fet més evident de la seva personalitat encisadora i polifacètica, que anunciava la vinguda possible d'un futur home il·lustrat, delicat, estudiós i pacífic, més amant de les emocions de la bellesa que dels sobresalts de la lluita.

—Vet aquí que em correspon d'ensenyar-vos. El cec portant un fanal per mostrar el camí als bornis! D'aquesta casa, en sortireu instruïts com si estiguéssiu a Grècia amb Euclides! Us diré el secret del nostre art, perquè a poc a poc us penetri: tot té una llei i de llei només n'hi ha una. Compreneu aquesta llei i la veureu aplicar-se a tots els fets de la vida. La nostra, és una art de les ciències, un sistema de sistemes, per això li diem Ars Magna, aquella en què tot es troba. I té un segon principi: el fons és la forma, tot contingut s'expressa en una forma; quan pregunteu què és això, mireu la forma, i si en comptes d'una cosa és un fet, estudieu-ne el procés. Coses i fets s'expliquen per ells mateixos, per forma i procés, no hi ha altra instància, ni argument, ni arquetipus al seu darrera. Tot significat és un angle. Tot és aquí: allò que no és aquí, no és enlloc. Apreneu a veure! Ara penseu això i demà al capvespre torneu: m'agrada conversar quan el sol entra daurat per les finestres.

Aquesta primera lliçó ens resultà prou enigmàtica: no foren les paraules sinó la figura fascinant de Gerbert allò que restà en la nostra imaginació i ens féu esperar l'entrevista del dia següent amb il·lusió barrejada d'interès i corpreniment.

Molts dies vàrem tornar a la cel·la i gaudírem de la conversa d'aquell home fi, enigmàtic, irònic, estrebat per una contradicció entre el seu amor a la bellesa i la seva ambició política, per un desig de grandesa bastit sobre una carrera de monjo auster. Ell ens va presentar tots els coneixements, bo i assenyalant èpoques passades en què eren més extensos. En ensenyar-nos gramàtica, retòrica i dialèctica, o la música i l'astronomia basades en matemàtica i geometria, sempre ens ho presentava com a supervivència d'un món esplendorós i s'entusiasmava invocant la possibilitat de fer-lo renéixer. Aquesta dèria era constant en Gerbert.

Els altres monjos de Roda l'acceptaven amb escepticisme, per bé que amb respecte, puix que l'eminent Garí l'havia portat amb ell d'Aquitània. A més, el minse i nervut

Gerbert era molt manyós amb les mans, sabia construir artefactes d'utilitat per a la feina del monestir, estoledors per a la irrigació i també tot de joguines estrafolàries, com un globus, on es veia el món rodó, amb els estels sortint de la seva roda; uns fils amb boletes per a comptar i un estranyíssim cap mecànic que contestava preguntes. Gerbert ens l'havia mostrat, insistint que no hi havia res de màgic en aquell cap, sinó pura construcció mecànica. Així i tot, els seus efectes eren tan desconeguts que tothom ho prenia per màgia, la qual cosa enutjava Gerbert, enamorat de les idees clares. Desesperat com tots aquells que se senten isolats per la seva mateixa superior capacitat de comprensió i esforç, Gerbert se'm sincerà un dia, lamentant-se'n:

—¿Quan comprendreu que allò que ells en diuen màgia, no és altra cosa que l'aprofitament dels efectes naturals mitjançant el coneixement de les causes? Jo no faig res més que connectar fets naturals en una successió que m'interessa, però no puc fer res que no existeixi ja en la natura. Com el timó porta la nau i el tro assenyala la pluja, jo només connecto. Ara bé, el fet és que treballo i estudio més que ells: entre el molí d'aigua que els he construït per regar l'hort i aquest cap prodigiós, no hi ha cap diferència.

Una nit clara, amb el cel netejat per la tramuntana, Gerbert ens portà al castell de Verdera, sobre el monestir, des d'on s'albirava tota la plana de l'Empordà, la corba harmoniosa de l'aigua tocada per la llum creixent i la vessant nord amb els turons de l'últim Pirineu entrant dins les ones, formant les cales i retalls del Cap de Creus. El vent havia minvat i el cel serè, brunyit com un safir, espurnejava les constel·lacions més importants, apagades les altres per la lluna.

—Mireu la construcció dels cels: de la seva contemplació preneu dues idees: l'enormitat i la regularitat. Aristarch de Samos diu que els estels són solells llunyans i que la nostra terra no és centre de l'univers. Qui sap! El cel és enorme, inexplorat, misteriós, només ens dóna una impressió constatable: la seva regularitat. La volta del cel gira amb la morositat dels grans estels fixos, que ho semblen, però no ho són, perquè tot gira. Mireu la Gran Óssa, tres distàncies a la dreta hi ha l'únic estel fix; només ell està quiet, i al seu entorn els cels giren.

La fredor de la nit, la quietud, la immensa paciència de la bellesa em penetrà llargament deixant una empremta que mai més no oblidaria. Coses apreses amb el cos no necessiten llibres per a restar a la memòria. Els meus ulls sondaven la foscor dels cels, mentre em feien preguntes silencioses, lluny d'ells la negra son nocturna. La veu de Gerbert prosseguia:

—Sigueu com aquest estel polar, punts fixos en les alternatives de la vida, i els fets, les coses i les persones, giraran entorn vostre, encisats per l'atracció de la vostra ferma immobilitat, que és determinació de caràcter. Aquesta és la saviesa que podeu treure dels cels, mirantlos llargament, amb desinterès. La resta, els noms de constel·lacions i els càlculs per a preveure sortides i posicions, jo us els puc mostrar més fàcilment al monestir amb l'ajuda de les esferes armil·lars que he construït i dels astrolabis que ens arriben dels alarbs.

»Jaieu sobre aquesta penya i guaiteu els cels, deixeuvos penetrar per la seva forma i per la seva regularitat, demà us mostraré el funcionament dels aparells.

La nit anà passant i el seu silenci tenebrós ens portà a un subtil estat d'ensonyament conscient, no sabíem si produït per l'hora avançada o potser per la presència carismàtica de Gerbert, del qual emanava una indefinible energia, com si la llum que l'envoltava el primer dia la portés sempre al seu entorn com un vestit. Passarem les hores i en la calmada contemplació notàrem finalment el moviment dels grans estels fixos. La veu de Gerbert s'insinuà a l'ensonyament com si sortís de dintre nostre.

—Escolteu la veu dels estels, és un so tan dolç que confonem el seu cant amb el silenci. Però tot és fet de nombre i harmonia, el moviment dels estels, regulat per lleis matemàtiques, produeix un so com el que ix dels intervals regulats de la lira. En la gran lira dels cels polsa el cor de l'Artífex suprem. Matemàtica, Música i Astronomia són una i la mateixa llei: compareu els estels a les cordes i sentireu el plaer intel·lectual de la música dels cels. Pitàgores va ensenyar que els sons corresponen a llargades de corda mesurades amb nombres; també al cel les llargades de les òrbites mesurades amb nombres més grans fan sonar l'espai immens. No ho sentiu? Apreneu a escoltar la veu dins el silenci, apreneu a mirar. Sapigueu veure!

III. Ursèol a Cuixà

Un dia Gerbert ens invità a visitar amb ell el veí monestir de Sant Miquel de Cuixà; ens posàrem en camí vers les Alberes tot crestejant les muntanyes de la Selva, deixant a ponent el castell de Carmançó, on, ens digué Gerbert, una antiga llegenda situà la cabra d'or que els argonautes cercaren pel Mediterrani.

—La recerca, sigui del toisó d'or, de les pomes de les Hespèrides o de l'or dels alquimistes, és sempre el mateix anhel: buscar la immortalitat, com féu en el principi Gilgamesh, de qui sentireu parlar aviat.

Tot desgranant les seves enigmàtiques teories, el camí se'ns va fer curt. Vàrem reposar a Sant Quirze de Colera en el recolliment de la vall desolada, tocada pels vents i tancada per muntanyes. El monestir quedava envoltat per un assentament minúscul de barraques, on els llecs acollits a la protecció del cenobi descansaven de la feina del dia. Una acurada extensió de conreus rodejava el monestir: horts amb arbres fruiters i verdures vora la font abundosa, ordenats en feixes contingudes per murets de pedra ben posada; més enllà blat i userda; pujant les vessants de la vall, vinyes assolellades i grisos olivets que circumdaven la rodalia amb una ben traçada corona de plata.

Els llecs i pagesos masovers ajudaven els frares en la verema del raïm i aqueixos, coneixedors de l'art de fer vi i aiguardents, vessaven el most dels raïms aixafats pels homes en bótes de fusta escollida. El pare dispeser ens va acomodar i ens presentà el monjo pincerna que cuidava els cellers ben abastats. Era un home robust prop de la cinquantena, cabell negre i abundós sobre el cap quadrat i gris, nas gran i marcat, galtes vermelles amb petites venes marcades, garlaire i jovial, menys propens a donar que a prometre; ell ens va assabentar de les manipulacions del raïm.

—Ací tenim el millor moscat que es pugui trobar en tot lo món. Les muntanyes del Cap de Creus són fortes en terra, netes de vent i durament assolellades: això fa un moscatell de qualitat immillorable. El raïm de moscat l'espremem amb les mans per tal de no apretar la rapa i el posem en bótes fetes amb fusta de cirerer; això li dóna el punt de gust de fruita que l'acaba d'arrodonir.

»També tenim la garnatxa i ens surt bé el vi ranci per acompanyar els àpats; una mica fort, però a l'hivern, quan bufa tramuntana, de grau mai no n'hi ha massa.

Tot dient això, el pincerna es desféu el nus de la corda que porten els monjos cenyida a la cintura i la lligà a un poal que féu descendir dins una cisterna de pluja i ens oferí aigua fresca.

—El vi, ja el tastarem aquesta nit!

Quan es va fer fosc, passàrem al refectori; vaig entrar a donar un cop d'ull a la cuina per tal de saber què soparíem aquell vespre. El cuiner tenia preparats noranta ous, nou lliures de pa i una excessiva quantitat de greix per a fer bullir l'olla de la sopa col·lectiva del convent; hi havia, a més, peixos fregits i marisc bullit, portat dels estanys de Castelló que així pagava el delme al monestir, per als quals un monjo, ajudant del cuiner, lligava un allioli groguenc, odorant i espès que se'm posà a la gola. Completava l'àpat una sèrie de carns marinades amb diversos sucs i herbes aromàtiques. El monestir era ric.

—Hem de menjar un xic per a pair discretament els vins —digué el nostre amic de la vinya, que entrà en aquell moment portant porrons de vidre i bots de pell.

—Sabeu, venusta jove —afegí el monjo—, que els bots de cuiro han d'ésser fets amb pell de cabrit verge, altrament el vi es fa agre? Per què deu ésser?

I em va fer l'ullet, desapareixent cap al menjador.

Les taules dels monjos on nosaltres sopàvem eren una mica més enlairades, separades per un graó de les taules dels llecs i pagesos acollits al servei del monestir. El pincerna abocà el vi als vasos de fusta que els monjos reberen per la festa de Sant Fèlix a primers d'agost, dia important als monestirs de Roda. El menjar copiós i els vins feixucs i admirables, l'últim dels quals ens fou adobat amb mel i pebre, ens portaren aviat al llit amb una agradable tebior de lleugeresa càlida.

El matí següent, pel coll de Panissars vàrem travessar a l'altre costat i, buscant el curs de la Tet, cavalcàrem vers Codalet. En arribar al peu del Canigó, prenguérem la vall lateral seguint la torrentera. El terra es va fer verd, humit i frondós, el soroll del riu, l'aigua clara, la frescor de l'aura i la llum diàfana dels cels predisposaven el cor del viatger a una estada delitosa i esperada. El monestir era més petit que ara; poc s'imaginava Oliba que ell bastiria les torres i el gran claustre. Fórem acollits pel porter, que ens aposentà en lluminosa cambra; assegut al buit de la finestra, Gerbert assenyalà una cabana just on acabava el bosc i començava la plana cultivada d'horts i farratge.

—Allà viu Romuald, un patrici de Ravenna, vingut aquí per raons secretes. No és ell sol, un altre company, Marí, mena extramurs una vida retirada. Però no són ells l'objecte del meu viatge. Us vull fer conèixer un hoste més important, arribat aquí amb una missió que vosaltres, quan estareu preparats, caldrà que porteu endavant.

Ermengol i Oliba restaren astorats per aquestes paraules, anunci d'una greu responsabilitat que el seu mestre volia imposar-los. Abans que poguessin preguntar res, Gerbert els portà a l'església del monestir i franquejà la porta. Jo els vaig acompanyar. Un home elegant, alt com un déu grec i lluint el perfil de les estàtues de marbre, s'avançà al nostre encontre.

—Heus ací Pere Ursèol, antany Dux de Venècia, avui sagristà de Cuixà, fugint de les revoltes que els partidaris dels alemanys han portat al seu regne. El seu cap tonsurat ha lluït la corona ducal de la ciutat més rica del Mediterrani. Ell té quelcom per a vosaltres.

Ursèol considerà els dos joves amb els ulls clars i, com si aprovés el seu aspecte noble, els va abraçar i conduir al racó de l'església on tenia la cambra. Un objecte desconegut, tapat amb brocat de vellut, ressaltava de l'austera simplicitat del llit, l'escambell i la taula. El Dux parlà, oblidant que era monjo.

—Jo vaig bastir la basílica de Sant Marc; sóc posseïdor dels secrets constructius que Artemi de Tralles deixà en acabar Santa Sofia de Constantinoble per a Justinià. Cada món necessita la seva arquitectura, puix que l'espai condiciona el pensament i el sentiment, com la caixa modula els sons del llaüt. La civilització grega és morta, el seu estat d'ànim irrecuperable; llegim paraules, ataràxia, catarsi, harmonia, i no sabem què ens volen dir, són conceptes perduts, illots desconeguts en una mar que els nostres vaixells ja no travessen; fins els mapes hem perdut.

Ursèol parlava amb gran dignitat, era l'únic home davant del qual Gerbert s'encongia, tot escoltant-lo com un escolà. El cap tes i la figura dreta d'Ursèol componien un posat perfecte que m'encisava per l'elegància i la calmada seguretat dels moviments. Malaguanyat monjo! Ermengol s'impacientava escoltant les insòlites paraules del Dux.

—Què n'hem de fer nosaltres, de l'arquitectura? —s'exclamà—. Això és cosa de manobres i picapedrers.

»El gran Justinià —continuà impertèrrit Ursèol— volgué reconstruir l'ànima mediterrània en el cos d'un nou imperi dirigit per Bizanci, i per això cercà una nova arquitectura, un espai sagrat escaient als temps modificats. El temple grec ja no s'hi adiu, malgrat aquella bellesa i perfecció que semblaren definitives; la claredat i la transparència del seu espai val per a un poble vital, fresc, senzill i directe com eren els grecs, però és incompatible amb l'esperit dubitatiu, introvertit, extramundà del cristianisme.

Ursèol s'aturà; el Dux prevalia per damunt del monjo; un cop més, tingué els escrúpols de la lluita entre l'home de món i el cristià submís que res no qüestionava. No obstant això, decidí de parlar clars als joves visitants, per una vegada, com a Dux encara:

—Els cristians han assolit la idea de l'amor i la germanor, però li han afegit els conceptes de pecat i anhel celestial que porten a menystenir el món com a vall de llàgrimes. El cor que dubta entre la bellesa del món i la recompensa celestial, necessita un lloc sagrat i tancat, ombrívol, escaient a la introspecció i apartat de la claredat del món, on, en comptes de veure el paisatge humà i la ciutat entre peristils assolellats, es presentin en la penombra imatges de l'esplendor celestial i dels horrors infernals. Tal fou la raó dels temples bastits pels cristians a Bizanci i que jo he reproduït a Venècia amb tota l'esplendor del mosaic daurat i la frescor del lapislàtzuli.

El nostre desconcert davant la insospitada, estranya i enlairada declaració d'Ursèol fou gran: Oliba l'escoltava amb atenció intensa, Ermengol se'l mirava i Gerbert ens mirava a nosaltres assentint amb el cap a les paraules de l'antic Dux; em produí un cert rubor veure el nostre mestre convertit en deixeble.

—Us parlo així, perquè sé que em podeu entendre. Gerbert us ha ensenyat i heu vingut aquí tan bon punt heu tingut la capacitat per a rebre aquest missatge. Sapigueu que la fi del mil·lenari s'apropa, la gent creurà en la fi del món i s'abandonaran al paroxisme; però el món no finirà i cal donar-li una nova cultura. No podem seguir en el buit deixat pels grecs i abandonar el Mediterrani a la barbàrie d'uns homes del nord, tot just sortits del bosc. Som dipositaris d'una antiquíssima tradició a la qual devem fer honor. Cal bastir un món nou i per això, entre moltes coses, és necessària una arquitectura, un art, un tipus nou de lloc sagrat que infongui als homes els valors morals aportats pel cristianisme.

Aleshores es girà vers Oliba que l'escoltava embadalit i posant-li les mans sobre les espatlles, li parlà íntimament amb amistat i persuasió, però afegint un deix comminatori:

—Jo et dono, Oliba, els secrets dels constructors, perquè puguis fer bastir la volta, l'absis i la cúpula. Troba dins del teu país la rel d'aquestes formes: en la cabana circular dels pastors, bastida amb pedres, i en la volta allargada dels pescadors que serveix de sopluig a les naus, tens els elements primordials de la cúpula i de la volta, utilitzats des de temps immemorials al teu país, on Pirineu i Mediterrani, pastor i mariner, es troben i s'ajunten. Els meus càlculs, que us seran explicats per Gerbert, us permetran de donar a l'església una dimensió reduïda o grandiosa, escaient, en cada contrada, a l'esperit de la terra i la comunitat que la utilitza.

Tot dient això, Ursèol caminà vers l'objecte amagat i aixecà l'estofa de vellut purpuri, revelant una arqueta de plata i or amb les arestes incrustades de pedres lluents i joiells; als costats de l'arca, un fris de figures escenificant una història vagament comprensible.

—No és prou l'espai —reprengué Ursèol— cal també el símbol. La gent no sap llegir, han de sentir i comprendre pels ulls i les oïdes, el nas, les mans, la pell; necessiten imatges, cants, olors, tactes i ambients que els portin als sentiments que volem nosaltres. Cal un art que empleni l'espai d'imatges, sorolls i sentors vives. Aquí teniu les imatges: eixos monstres i éssers irreals, quimeres de la imaginació, han estat pensades per despertar una especial sensibilitat en l'ànima dels vostres pobles.

Jo vaig atansar-me per veure les figures, Ursèol deixà l'arqueta a les meves mans; els joiells lluïen amb llangor dins la penombra silenciosa del temple, creant una atmosfera fora del temps que donava inquietant vitalitat a les figures. Ermengol em prengué l'arca de les mans i jo em vaig girar vers Gerbert, demanant-li una explicació amb els ulls. El mestre digué:

—En aquesta arqueta es representa la història de Gilgamesh, un relat més antic que la Bíblia, i que ens ha vingut de Babilònia a través d'uns mercaders de Venècia. És la història d'un home que cercà l'herba de la immortalitat i lluità amb la mort per retrobar el seu amor; és la primera història d'amor escrita per la humanitat pocs segles després del diluvi.

Ursèol l'interrompé deixant Gerbert una mica confús davant nostre.

—La història ara no fa al cas, el que us interessa són les figures: aquesta arca us donarà els motius per a fer un art escultòric i gràfic que parli al cor de la gent, tal com els cors són fets ara. Preneu-la, Oliba, dins hi ha els càlculs de construcció: tot ho fareu servir quan arribi l'hora. Demà Gerbert us portarà a veure la seva aplicació i allí us revelarà el cant de les pedres.

Teniu en mi un amic com a Dux, i un humil servidor com a monjo. I ara, amics, deixeu-me.

Cap de nosaltres no es mogué: sentírem la necessitat de reaccionar a l'atordiment de les insospitades i atabaladores paraules del venecià. Oliba no gosà, jo era la dona, Ermengol li dirigí aquesta ressentida pregunta, dita quasi com un retret:

—¿Per què ens mostreu tot això, per què ens assigneu una missió que no hem demanat i que potser no podrem acomplir? ¿Per què heu vingut al Pirineu a sembrar una nova civilització en comptes de fer-ho a Venècia?

—L'esperit bufa on vol —contestà el Dux—. Roma tingué el seu esplendor, Venècia no és prou forta; les energies han estat gastades. La creació es mou de lloc, la civilització es desplaça: de Babilònia va passar a Grècia, dels grecs als romans, ara ve cap a vosaltres. No em pregunteu per què, són moltes forces que hi actuen: la terra, els cels, les races, la riquesa, els coneixements, tot es lliga i es desplaça amb els moviments dels pobles. Ara és el Pirineu el lloc propici: aprofiteu-lo, és el vostre deure com a nobles brots de l'alta i antiga nissaga que dirigeix aquesta terra.

Sense dir res, prenguérem l'arca, i amb el cor serrat per l'enormitat de la tasca, sortírem del temple acompanyats de Gerbert més ingràvid i escrutador que mai, que ens encercà amb irònica rialla.

Abans de partir de Cuixà, Gerbert volgué suscitar una conversa amb Romuald, l'eremita solitari que vivia als voltants del monestir. La seva cabana de pedres tenia un sostre de lloses imbricades, sostingut de cap a cap per un gruixut cairat de fusta. A terra vàrem notar una gran roca plana amb un buit en forma i mida d'un cos humà. Romuald era un home sec, hirsut, tallant, que anava descalç i vestia un hàbit blanc, més aviat brut; sense invitar-nos a seure i amb poques paraules cerimonioses, ens va obrir el seu pensament directament. Malgrat la seva solitud estava al corrent de tot.

—Jo no penso com Ursèol, no crec que una civilització es pugui sembrar com un camp, fer madurar amb el treball i recollir com un fruit. La seva bona fe i el vostre esforç serà en va. Però feu-ho. Jo pel que sé, crec que el món s'ha fet vell, més enllà de qualsevol remei. ¿Com es pot improvisar una cultura? ¿És que es pot forçar una civilització com qui llaura i sembra un camp? El món s'ha fet molt vell i és il·lusori cercar un renaixement. Jo era a Ravenna i ara sóc aquí cercant la soledat. El món és mort, deixeu que els voltors se'l mengin: fruïu amb ells mentre pugueu del banquet del cadàver, o fugiu com jo al desert per ocupar-vos d'un altre món molt més segur que eixes despulles terrenals.

Mentre anava dient, les paraules semblaren tesar el cos prim i llargarut de Romuald, les cames se li arquejaren i el semblant ombrívol prengué sobtades lluors com núvols foscos sobre un mar de plom, enlluernats per llampecs lívids d'una llunyana tempesta interior que s'atansa i comença de sentir-se. La presència de l'ermità emanava una inquietant sensació de rectitud i exacerbació difícilment compatibles amb el cor serè que Garí i Gerbert volien imbuir-nos.

Gerbert quedà satisfet de l'impacte angoixant, desconcertant i quasi esgarrifós que l'ermità ens produí i volgué portar-lo fins al final, pronunciant aquestes paraules:

—Però, Romuald, el món és fet pels homes; tot el que ens envolta és artifici del nostre enginy. Per què hauríem de renunciar a allò que la intel·ligència humana assoleix? Som ací per domtar el salvatgisme de l'home i fer més gentil la vida en el món.

Romuald se'l mirà ombrívol i reprengué.

—L'única cosa que podem fer és sobreviure aïllant-nos com més millor i oferint pregàries a Déu. Quan surti d'aquí serà per fundar un Orde més rigorós que el de sant Benet: no parlarem, observarem dues quaresmes i amb prou feina menjarem altra cosa que no sigui pa i vegetals. Viurem sols com els eremites d'Orient, però tindrem un cenobi per a l'oració comuna, com els monjos d'ací. No puc ajudar-vos si no és amb el pensament. En la meva solitud pensaré en vosaltres que encara lluitareu per millorar el món: la meva existència retirada i passiva serà un contrapès necessari, dins l'economia del cel, a la vostra activitat. Us desitjo llargs anys de vida i que no hàgiu de recordar-vos d'aquest solitari pessimista per a donar-li la raó.

»Salve, nobles senyors.

L'efecte depriment que Romuald produí sobre nosaltres va plaure a Gerbert que, essent ell mateix una pura contradicció entre el poder i la glòria, amava la ambigüitat i l'antinòmia, esforçant-se per obrir portes i no donar alternatives fetes i fixades. La contradicció entre Ursèol i Romuald marcaria una lluita fructuosa i enriquidora dins l'ànim dels joves, pensà Gerbert, sense adonar-se que aquella mateixa tensió movia la seva pròpia vida, donant-li la finor que l'havia de portar al soli pontifici. Si Romuald afalagava la seva tendència mística i monacal, Ursèol era la seva admiració secreta inconfessada; però no l'Ursèol monjo, sinó l'home de poder capaç d'influir en els destins del món. La humilitat era per a Gerbert l'hàbit que no feia el monjo. Oliba aprendria moltes coses d'ell.

L'endemà prenguérem comiat de Cuixà en direcció sud, voltant la vessant esquerra del Canigó; el paisatge canvià, esdevingué més sec, descarnat per torrenteres estretes poblades de batzers i arbust espinós; més amunt, alzines i roures sobre la terra seca sense herba. Anàrem pujant mentre el capvespre queia i arribàrem de nit al nostre destí: el Priorat de Serrabona, una construcció de pedra enfilada a l'aresta d'una carena erma, posició tensa i torturada en comparació de Cuixà, luxosament aposentat en l'estofa estable i tranquil·la dels prats frondosos de la vall de Codalet. El Priorat era tancat i no s'hi veien senyals de vida.

Gerbert i nosaltres ens disposàrem a passar la nit al ras, prop de la font, sota les alzines, damunt la terra seca coberta de fulles punxegudes i aglans. Era nit de cel serè, blau safir profund amb rutilants estels que tocaven les carenes tallades per la claror de la lluna; núvols blancs, desfent-se, s'estenien pel llençol blau del cel com ferits desmanegats. En un costat es retallava la silueta del priorat amb els seus coronaments triangulars escalonats en punxa.

Dormírem sota els roures agitats de tant en tant per ràfegues de vent; remors de fulles escombraven el cel ple d'estels que apuntalaven llurs dibuixos i golerons al cim de les carenes que tanquen la vall. Despertàrem amb la matinada i mentre ens rentàvem a la font, Gerbert s'excusà d'aquesta manera:

—No penseu que us he fet dormir al ras per improvisació, tenint tan a prop el priorat. Cal passar hores en certs indrets per rebre les forces de la terra.

En veure que ens miràvem estranyats, pausà un moment i continuà:

—Els llocs mai no són neutres, tenen sentiments, emocions i estats d'ànim com les persones, i com elles els comuniquen. D'això en tenim constància des de temps immemorial, en són testimonis aquests enigmàtics monuments megalítics erigits pels avantpassats. El Pirineu, de Roses a la Seu, n'és ple. ¿Penseu que ho feien en qualsevol lloc? Ells, els antics, els primaris, tenien obertes les portes de la sensibilitat a un món d'influències més proper a l'animal, sentien les forces de la terra.

—Jo me n'he trobat anant de cacera, d'aquests monuments —assenyalà Ermengol—, prop de Bescaran. Dins del bosc cobert de fragues n'hi ha un. Li diuen la Pedra de les bruixes.

—No eren bruixes, sinó déus el que s'invocava en eixos indrets, reprengué Gerbert. On el lloc era prou fort i beneficiós, hi col·locaven una pedra dreta o una taula. També coneixien els moments de l'any en què el geni del lloc era més fort i favorable, i ho aprofitaven per fer-hi un aplec on, tot dansant, entraven en possessió de les forces tel·lúriques.

Gerbert tornava a ésser ell mateix, desgranant els elements d'una saviesa immemorial interminable que ell semblava posseir sense que ningú més encertés a copsar les fonts ancestrals ocultes d'on els seus coneixements brollaven.

—Observeu què és la dansa: un entrar el cos en ritme. I, què és un ritme sinó un estat d'ànima? Assolint per mitjà de la dansa un estat emocional paral·lel a l'emanació del lloc, els homes primitius libaven profitosament les forces de la terra. La dansa fou el primer acte religiós, l'antiga pràctica de contacte amb el misteri de les forces ocultes invisibles que penetraven el cos fent-li sentir regenerats afectes.

Oliba contemplava distret les evolucions de l'astoret que, com un pensament del cel, sobrevolava en cercles Serrabona. Ermengol, aquesta vegada, s'escoltava Gerbert amb summa atenció, com si el fet de les forces de la terra el toqués de més a prop. Aleshores Gerbert, girant-se cap a mi, digué:

—I tu, Ermessenda, recorda't d'allò que vaig dir-te. Certs indrets tenen aquesta força dins de cavernes que els antics celtes marcaven soterrant-hi verges negres. Tot això ressorgirà algun dia; aviat veureu els vilatans i els pastors descobrint verges negres i us caldrà bastir monestirs a prop d'elles, perquè la gent continuï visitant els llocs màgics on de la terra emanen les seves energies. On penseu que bastim els monestirs? Exactament als mateixos llocs que els antics senyalaren amb grans pedres i aplecs anuals. Cal aprofitar aquests llocs per practicar-hi ritus, amb sons, cants i moviments, i tot allò de què us ha parlat Ursèol. Ara veureu l'inici del cant de les pedres.

Entràrem al priorat que ja havien obert els monjos desperts i en plena activitat; sorolls d'eines i metall, fum i tràfecs, animaven la soledat quieta i silenciosa de la rodalia. Travessàrem la nau del temple dividit en dos espais per una diminuta columnata de bosquets de pilastres amb delicadíssims capitells més propers a una punta de roba que a la solidesa marmòria de la pedra. A l'altre costat s'obria una terrassa amb galeria porticada que donava sobre un vall riallera, tocada pel sol temperat i la frescor diàfana de l'aire.

En aquell indret, uns picapedrers treballaven capitells de marbre. Gerbert ens féu un gest de silenci i atenció i restà llarg temps quiet. Oliba i Ermengol necessitaren un cert temps per adonar-se que el soroll de les eines, en martellejar el roc, guardava una relació ritmada; a poc a poc prestaren atenció i descobriren un ordre dins el soroll continuat d'eina i pedra. Aquells treballadors, amb els ulls aclucats, colpejaven destrament com si les mans fossin guiades pel soroll més que no pas per la vista. Els picapedrers, pel soroll de l'eina, entraven en un somni despert que els revelava la línia a picar i el tirat de la forma. Aquell treball miraculós, com de blonda, era guiat pel so ans que per la llum i la forma! La forma sortia del so, puix la forma era cos visible del so. Aquelles fabuloses figures eren imatges del somni del so!

Ermengol prengué Gerbert pel braç i el féu sortir del pòrtic per parlar-ne.

—¿Com és possible treballar amb l'ull clos i assolir una tal perfecció en la forma? Aquí hi ha quelcom de prodigiós que tu ens has de fer comprendre.

—Els símbols dels capitells, les imatges animals, les

quimeres que veureu als claustres, pòrtics i gàrgoles, són representacions musicals, sons posats en imatges. Recorda les lliçons de música i repassa l'escala de notes: una àguila és el so fonamental, el lleó la nota més pròxima, la següent és el bou i, pujant l'escala musical, corder, paó, cavall alat, serp, unicorni.

—Però, com coneixeu eixes equivalències? —preguntà intrigat Oliba, que se'ls havia apropat com sempre que Gerbert feia un apart, puix no volia perdre's ni una paraula del mestre.

—Els perses portaren això de l'Índia, i les arquetes de Gilgamesh tenen la clau de correspondències. Nosaltres les hem adoptades en els claustres: cada renglera de capitells és una frase, cada pòrtic un cant, cada passeig un himne, per això es canta caminant. Així haureu de bastir, Oliba, els grans claustres del temps futur, per a un món que cal fer néixer. Caminant per ells, mirareu i cantaran les pedres. La imatge es farà so i el cant imatge, tal com sentiren els iniciats en els antics misteris de Grècia. El misteri del món és sempre el mateix, només canvien les formes d'apropar-s'hi: ara seran els claustres i el cant inventat per Boeci.

Tornàrem a la vora dels treballadors que havien interromput la feina per fer una queixalada i passar-se la bóta. Mestre Jan, el cap de colla, s'atansà a Oliba i, considerant la pal·lidesa del jove i els seus ulls inquiets, l'increpà sorneguer, però amb una delicada tendresa.

—Vós aneu massa de pressa, ja es veu que tot ho feu nerviós, fins el guaitar: no podríeu mai treballar la pedra. Cal ésser pacient, calmat, lent, cal sentir allò que vol la pedra, sentir-ho amb l'orella i amb el cor. Podríeu dir-me quantes cares té una pedra?

—Naturalment, sis —respongué Oliba, ràpid.

—Set, jove amic, set. Les sis es poden veure, però n'hi ha una altra, la que fa set, que dóna la clau per col·locar la pedra. Nosaltres, els qui sabem fer paret seca, parlem a les pedres, escoltem el seu soroll en ser col·locades i aquest so ens indica quan la pedra és assentada per bé. L'encaix, el fa la sèptima cara que no es veu, sinó que s'escolta, se sent.

Mestre Jan era un home més aviat petit, rabassut, ample, amb uns ulls alegres on brillava encara l'espurna de l'infant feliç i rebregat. Em mirà, com a dona, de dalt a baix, aturant-se als pits marcats per l'estofa lleugera de seda i a les anques contornejades pel sendal cenyit. Era un home de pedra picada, el seu feble eren les dones, en les quals es delectava per la seva sola presència, i se li feien els ulls més petits i brillants, mentre murmurava interiorment pensaments informulables. Ermengol el tragué del seu enlluernament, dient-li:

—Mestre Jan, sembla que per la forma com us mireu la nostra cosina Ermessenda, l'art no us ha pas fet oblidar la natura. Poques dones deveu trobar per aquests rodals; haureu de demanar una tropa de cantaires morresques per alegrar el vostre treball.

—Tot el que es paga, és car, estimat senyor —respongué Jan—, i més en aquest aspecte. Ja prou que tinc la dona a casa, a Cabestany, on estic acabant la portalada. Voldria ensenyar-vos els capitells que estem picant ara. Guaiteu.

I Mestre Jan destapà un capitell gran, de marbre blanc, lletós i tendre, a punt de desfer-se en suau sorra irisada. Ell hi havia esculpit un cap de lleó amb potes a cada cantó i entremig una ondulació de formes entrellaçades; els lleons tenien una pedreta fosca a les nines dels ulls i les potes irreals que els sortien de les barres els transformaven en monstres quimèrics, insectes de pedra que, en ajuntar-se en el capitell, creaven una forma total sinuosa, esvelta, gairebé voluptuosa, com d'un art que fos molt antic o encara estigués per fer-se.

Després ens obrí el seu bagul d'eines i ens mostrà un cap de marbre, en el qual reconeguérem de seguida les faccions de Gerbert: el nas fi i polit, el front clar, els pòmuls i la boca regulars i ben fets, les suaus celles arquejades.

—Aquest l'he fet amb els cabells com quan serà Papa, perquè aquest home serà Papa. On va a parar amb tants de llibres! Ai, mestre Gerbert, si jo fos jove i ric com vós, poc em trobarien entre llibres, havent-hi dones així al voltant. Si jo fos capellà com ell! Recullen sense sembrar i sembren sense recollir, els capellans: ja us ho he dit tot.

Mestre Jan guardà com un tresor les eines que havia aixecat per treure el cap de Gerbert i tancà de pressa el bagul d'eines que havia obert neguitós, com si s'hagués despullat. Retornà a la feina i ens mostrà la finor sonora de les pedres.

—Les pedres són com campanes, una bona pedra, penjada, fa un so net, tens, metàl·lic; si en colpir una pedra no sona bé, ja la podeu deixar per dolenta: és que té vetes a dins que faran que es trenqui a les mans quan sigui picada. Nosaltres treballem amb l'orella tant com amb l'ull, per això podem aclucar els ulls quan la pols ens molesta, la pedra ens diu si anem bé. Ara, un company meu que es va quedar sord, va haver de plegar no fa gaire.

I alçant una gran pedra amb la cúrria, Mestre Jan em donà el mall perquè la colpís. Un so com de campana retrunyí per l'espai com si esclatés dins del meu cap. Com un soroll real que s'endinsa en la consciència adormida, tot anant a l'encontre del cabdell dels somnis, fins a coincidir-hi misteriosament, així xocaren dintre meu la campana i la pedra: de sobte, vaig despertar-me. Era a la Seu, a la catedral i el món no havia finit.

IV. Ermessenda a Roma

El bisbe Ermengol va convocar un Concili a la Seu per tal de redreçar el país després de les ràtzies terribles d'al-Mansur, els terrors de l'any mil, i la fam d'aquells lustres terribles. Dotze bisbes d'ambdues bandes del Pirineu hi assistiren; Ermengol proposà la seva idea d'un país pirinenc, estès a les dues vessants de la serralada amb la gran muntanya com a columna vertebral, de la qual els monestirs serien la medul·la.

No hi hagué coincidència: els de Narbona pretengueren la supremacia. Ermengol els raonà que les circumstàncies històriques eren totalment diverses del temps en què Narbona era capital de la província romana. Vàrem discutir-ho entre nosaltres: Oliba i el comte Ermengol d'Urgell, així com els altres parents de Besalú i de Barcelona, aconsellaren el bisbe Ermengol d'abandonar la idea d'una Septimània que reunís els antics dominis visigòtics i construir, en comptes d'això, un país pirinenc, que s'estendria a les planes tan lluny o a prop com la nostra pròpia força l'empenyés. Gerbert, ara Papa, seria el nostre millor suport en aquest projecte i es va decidir un viatge a Roma per a recaptar la seva ajuda. Vaig ésser encarregada d'aquesta agradable però delicada missió, i a la tardor d'aquell any 1001 vaig baixar de la Seu pel Conflent cap a Cotlliure, en companyia del meu espòs Borrell, comte de Barcelona, germà d'Ermengol d'Urgell, i el bisbe de Vic, Ató.

La maduresa de l'estació havia deixat una pàtina d'or per tot el Rosselló; els camps ocres i marrons tenien aquell punt d'or vell que només dura uns dies abans els pàmpols i les fulles caigudes no siguin escampats per les tramuntanes dels primers freds i es barregin amb la terra. El Canigó, amb les primeres neus, es destapava del seu boiram estival, mostrant-se net, nu, perfilat sobre la blavor impecable d'un cel que anunciava imminents ventades.

A Cuixà, Oliba em donà missives i presents per al mestre Gerbert. M'encomanà sobretot un llibre sobre la multiplicació i divisió dels nombres, que havia demanat al seu oncle Miró Bonfill, bisbe de Girona, i un tractat d'astrologia traduït de l'alarb, que Gerbert encarregà al canonge Llobet de Barcelona.

A Cotlliure, quan jo vaig embarcar-me cap a Roma, les roques del cap de Creus creaven un port natural tan arrecerat com si de murs d'obra es tractés. Era una tardor daurada amb una serenor a tot el Rosselló que s'havia encomanat a l'aigua; el capvespre de novembre, quan embarcàvem, les ones, inexistents, a penes si movien com un llençol de seda blau el llom sòlid del mar tocat per l'últim raig rosat que, traspassant els colls de les muntanyes, vingué a posar-se sobre les nostres espatlles per mirar, com nosaltres, cap a l'Orient incert que s'ennegria.

El viatge per mar no tenia misteris per als nostres mariners i fou ràpid; a Roma, en canvi, tot foren sorpreses; cruïlla de dos mons i dues èpoques, Roma era aleshores com un palau saquejat, on els marbres trencats eixien sota cabanes rústegues de fusta i palla; les piques buides dels banys, els sarcòfags servien de cóm per abeurar el bestiar, i en les columnes trencades, pastura d'eures, el sol somniava l'esplendor d'un antic món que ja no existia. En certs indrets, l'encontre amb un gran edifici o un gran senyor abillat a la manera bizantina retornaven per un moment la vigència de l'imperi, però eren aviat engolits pel grosser poble barbaritzat, que entrava i sortia de ruïnes convertides en coves i cabanes. L'encanallament del poble havia augmentat en tant que la població minvava, deixant la gran Roma dels Antonins reduïda a una vulgar vila de 8.000 fogatges.

El papat arribava també al fons de l'abjecció i el confusionisme; feia mig segle que era joguina en mans d'un alt funcionari de la Cúria, Teofilactes, o més aviat de la seva dona Teodora i de la filla Maròzia, encarnació de Messalina o Popea. Maròzia féu nomenar papa el seu amant amb el nom de Sergi III, Teodora va fer pujar a la successió el seu propi favorit Joan X, Maròzia i el duc de Túsculum el deposaren i el tancaren en presó, subsituint-lo per Joan XI, considerat fill bastard de Maròzia. El fill legítim, Alberic, expulsà el germanastre i fou durant vint-i-dos anys l'amo de Roma, fent i desfent papes fins el dia de la seva mort, que va fer nomenar papa el seu fill de divuit anys Octavio Sporco, al qual succeí Joan XIII. Fou aquest qui demanà a Borrell i a Ató, quan visitaren l'última vegada Roma, que els deixés Gerbert com a secretari.

L'encís del nostre mestre li obrí les portes de Roma començant així la seva gran carrera al continent; en pocs anys va ésser abat de Bobbio, mestre a Reims, arquebisbe en aqueixa ciutat, des d'on conspirà decisivament per deposar la dinastia carolíngia, fins a instaurar els capets; després fou arquebisbe de Ravenna, preceptor d'Otó III, el qual, en prova d'agraïment i admiració, el féu papa, cosa justa, perquè tothom sabia a Roma que fou Gerbert qui, mentre va romandre secretari de Joan XIII, aconsellà a aquest papa que restablís l'Imperi amb el rei alemany Otó I com a emperador d'un Sacre Imperi Romano-Germànic. El somni imperial de Gerbert era patent, puix ell mateix, com a papa, va escollir el nom de Silvestre II, essent Silvestre I el papa que va fer el pacte amb Constantí, instaurant el cristianisme oficial de l'Imperi Romà.

Enmig del desori d'aquests temps capgirats, només l'emperador germànic Otó III, de mare grega, s'esforçà a mantenir un nivell respectuós corresponent amb l'antiga qualitat de Roma. Otó havia estat, com nosaltres, deixeble de Gerbert, i l'estimava amb la força que els joves ben nascuts posen en un mestre encisador com el nostre estimat frare. Ell i Gerbert, ara papa Silvestre II, volien repetir la feta de Constantí, unint imperi i església per imposar una Pax Romana dins el marc d'un sacre imperi, consagrat pel poder de les claus papals. Gerbert cercava una Europa de ducats, havia enderrocat a França els carolingis i instaurat els capets, volia uns països moderats, federats dins l'amplària d'un imperi unit no per la força, sinó per la influència cultural de la religió a través de bisbes, monjos, monestirs i escoles.

El protector de Gerbert, l'emperador Otó, ens va rebre al Palatí, que és on cal tenir palau quan es vol imitar els antics senyors de Roma. Em va colpir aquest jove exaltat, místic coronat, que es rodejava de luxe i es feia servir sol, a la taula d'alabastre, un sopar ritual que més semblava una missa que un àpat. La mare Theophanes, amb exquisida cortesia bizantina, ens féu l'estada molt agradable a Roma, a la vegada que ens desorientà completament dels assumptes polítics que ens interessaven. Gerbert, des de la seva posició privilegiada, fou una gran ajuda per als nostres propòsits d'autonomia, que no eren altres que confirmar per a la Seu de Vic el paper de metròpoli que abans tingué Tarragona i que havia passat a Narbona, de la qual depenien els bisbats pirinencs.

Gerbert ens rebé amb l'esplendor d'una magnificència elegant i refinada, és a dir, controlada: res d'excessiu, però tot riquíssim, com el seu propi cervell que, en aquells anys, s'havia enriquit i agresolat fins a esdevenir igni i cristal·lí com un carboncle. Amb l'edat s'havia tornat més prim en comptes de més feixuc, i això li accentuava el seu aire aguilenc, de fulgurant aucell de presa.

—Vet aquí que ens tornem a veure i ara m'heu d'anomenar Silvestre II! Amics del Pirineu, podeu comptar amb mi; al vostre país dec el poc de ciència que tant m'ha servit per assolir aquest càrrec des del qual no vull més que continuar la meva obra: afavorir, connectar. Vull ser Gerbert, el que fa germinar. He escoltat el vostre desig i penso donar-li vida. Sereu lliures i independents, com els altres ducats que jo he fomentat a Polònia, Hongria i a la mateixa França; la meva filosofia és fraccionar per independitzar; que sorgeixi pertot arreu llibertat i diferència. Un imperi secular addicte al papa reunirà sota la religió totes aquestes ètnies que han d'ésser independents, perquè són diferents: com la meva Aquitània, el vostre Pirineu, la Llombardia o el ducat de França.

Gerbert parlava amb fermesa i senzillesa des del tron de Sant Pere i el seu proverbial encís tenia la facultat de fer-nos arribar una càlida onada de cordialitat amistosa encara que ell estigués en majestat i nosaltres a les seves «sagrades pantofles». Es dirigí vers Ató que l'escoltava prosternat:

—El meu mestre, el bisbe Ató d'Ausona, ja va assolir dels meus predecessors cinc butlles que l'elevaren a la dignitat arxiepiscopal de la província tarraconense, independitzant el Pirineu i les seves planes del poder eclesiàstic de Narbona. Jo el vaig acompanyar en aquell fruitós viatge i vaig romandre aquí, retingut per l'emperador Otó, el qual em nomenà secretari i tutor del seu fill. Ara voleu la confirmació definitiva de la vostra independència: jo us la dono.

Inesperadament i enmig de la sorpresa dels prelats i dignataris, es girà cap a mi i pronuncià eixes paraules enigmàtiques per als altres:

—En tu, Ermessenda, jo he vist sempre l'esperit del Pirineu: ets l'encarnació de la terra i, per tant, d'un país.

Cal materialitzar aquest país. Tu has de donar vida a l'expressió autòctona i repetida que neix i naixerà sempre de les vostres terres. Sigues la traductora d'aquest desig, alleta la vocació ancestral del teu poble i sigues la vera enviada d'Hermes, la llum del racó de món que només podeu crear vosaltres.

Astorada per aquestes paraules que tanta estima em demostraven, però que abocaven una responsabilitat paorosa damunt meu, vaig demanar-li audiència privada.

El bisbe Ató em preparà per a l'entrevista. Era un home calb, eixut, alt, prim i hieràtic com un egipci, de mans nuoses, crani lluent i ovalat. Mai se sabia què pensava i sovint feia un posat absent.

—Gerbert —em digué Ató— juga un paper crucial per a la nostra empresa; ell té a les mans la moira del destí del nostre temps. Tu saps que jo li ensenyí la numeració alarb i el càlcul amb l'àbac: doncs ell ha introduït això a Reims i a Roma; la importància d'aquest fet és cabdal, el zero permet de calcular tants per cent i això significa una possibilitat immensa per al comerç; es pot posar preu als diners, es pot prestar, és a dir, vendre diners per un temps determinat. L'intercanvi, ara gairebé inexistent, sorgirà com per art de la màgia del zero; aviat hi haurà per tot el continent caravanes de marxants i cases de canvi, documents comercials i dipòsits de diners, la comptabilitat dels quals només es podrà portar amb el nou sistema decimal. L'àbac, n'és l'aspecte pràctic, el mecanisme per a comptar.

—Per què em dieu això, bisbe; què n'haig de fer jo, dels nombres?

—Gerbert t'ha parlat de fer un país: doncs un país són pobles, masies i famílies aplegades. Això es fa amb el comerç, la pau i els camins.

—Començo a veure per on aneu.

—Hi ha una altra faceta de Gerbert que t'interessa recordar: el seu pensament sobre el que ell en diu «ipsietat», les coses en si mateixes, com l'aigua és dins la neu.

Ell ho diu en un seu poema; demana-li que te'l llegeixi. Estarà content.

I aquell home enigmàtic, sortit d'un altre temps, s'acomiadà, deixant-me sola a la porta dels apartaments privats del papa.

Gerbert m'acollí en la seva intimitat lluny dels fastos obligats, prop dels manuscrits i pergamins que tant s'estimava, voltat dels seus astrolabis, mostrant amb confiança davant meu el seu rostre de savi que als altres amagava.

Quan vaig entrar a la cambra, estava dictant al seu secretari Richer, que s'alçà i féu intenció de sortir, unes memòries. Gerbert el deturà uns instants per demanar-li que em llegís un fragment de la biografia que estava escrivint. Richer llegí:

«Gerbert, aquità de naixement, fou educat des de la infància en el convent de Sant Giralt d'Aurillac, on aprengué la gramàtica. Mentre hi prosseguia els estudis, un cop ja adolescent, volgué la casualitat que Borrell, duc de la Hispània Citerior, anés al convent a pregar. Hi fou rebut amb molta cordialitat per l'abat del lloc, que li demanà, en el curs de la conversa, si a Hispània hi havia homes molt instruïts en les arts. Davant la resposta ràpida i afirmativa del duc, l'abat el convencé de prendre amb ell un dels religiosos del monestir i emportar-se'l a fer-li aprendre les ciències. Lluny de refusar, el duc acceptà generosament la petició. S'endugué Gerbert amb el consentiment dels monjos, i encarregà al bisbe Ató d'Ausona d'instruir-lo. Sota la direcció d'aquest, Gerbert estudià d'una manera profunda i amb èxit les matemàtiques. Però com que la Providència volia que la Gàl·lia, encara en les tenebres, fos aclarida per una gran llum, suggerí al duc i al bisbe d'anar a Roma en pelegrinatge. Enllestits els preparatius, es posen en camí i s'emporten el jove que els havia estat confiat. Arribats a la ciutat, i després d'haver pregat damunt la tomba dels sants Apòstols, van a trobar el papa Joan XIII, de santa memòria, s'hi presenten i li ofereixen graciosament llurs béns que li siguin agradables.

»La intel·ligència del jove i la seva voluntat d'aprendre no escaparen pas al papa, i com que la música i l'astronomia eren aleshores completament ignorades a Itàlia, féu saber de seguida a Otó, rei de Germània i d'Itàlia, per un legat, car aleshores, Nadal del 970, Otó era present a Roma, l'arribada d'aquest jove tan admirablement entès en les matemàtiques i tan capaç d'ensenyar-les amb zel. El rei no tardà gens a proposar al papa de retenir el jove i no donar-li mitjans de sortida. Al duc i al bisbe que havien vingut amb ell, el papa es limità a dir-los que el rei volia retenir-lo interinament i que el trametria al cap de poc temps amb honor, i afegí que el rei en restaria molt agraït. Foren, doncs, convençuts el duc i el bisbe de tornar-se'n sols cap a Hispània, i abandonaren el jove amb aquestes condicions. El jove, per la seva banda, restà amb el papa, el qual el presentà al rei.»

—Ja veus com s'escriu la història, Ermessenda; no vull deixar la meva a l'atzar dels ignorants monjos benintencionats que follaran nostres despulles.

Dient això, l'home fi, nerviüt i fúlgid, rigué obertament, fent-me sentir com a casa; jo sentí retrobat el Gerbert que havia conegut a Roda; una vegada més, com a mestre i com a amic, no com a papa, li vaig demanar que m'ajudés.

—Tingues confiança, Ermessenda. L'imperi universal de la raó i de l'església s'apropa. El jove Otó, deixeble meu, té els mateixos somnis que jo. La seva confiança és tal, que m'ha demanat que el tregui de la seva rusticitat saxona, despertant en ell la materna finor grega. Otó serà el puntal del nou món que amb Garí, Ursèol, Romuald i altres preparàvem a Cuixà i a Roda; del món gentil i refinat que tu voldries. Jo seré al teu costat i faré que Otó concorri a la nostra causa.

»De moment he pogut assolir influències fortes per consolidar l'esdevenidor d'aquesta Europa desfeta pels bàrbars; potser un dia albirarà la llum del món enyorat dels clàssics que tu i jo, Ermessenda, tant estimem. ¿Has vist aquest poema que vaig fer esculpir a l'estàtua de Boeci a Ravenna? Té, llegeix, el vull sentir en la teva veu de Sibil·la.

—*Quan Roma poderosa estengué el seu domini*
sobre el món, Boeci, pare i estendard de la pàtria,
tenia cura dels afers públics com a cònsol
esclarint tots els punts, no fou mai enganyat
per l'astúcia dels grecs.
Déu, però, volgué castigar el món:
el glavi ebri dels gots assassinà la llibertat romana.
Tu, Boeci, cònsol exiliat,
feres d'eixos dos noms títols de glòria per la teva mort
eminentment formosa!
L'honor de l'imperi, el protector de les arts,
Otó III, et jutjà digne d'ésser admès a la seva cort.
Ell erigeix monuments per eternitzar el record
de les teves obres,
retent noble homenatge al teu mèrit tan gran.
L'admirable acció del rei Childeric brilla ací
pel treball, la intel·ligència, l'art, la riquesa, el preu.
El sol estén els seus raigs i els porta fins als
límits del quadrant;
sobre aquest marbre
hom diria que s'alça un jorn semblant al que ens esclaria.
Sembla que la neu s'hagi de fondre i,
per poc que ens deturem,
tindrem por de mullar-nos els peus.

Li vaig retornar el pergamí, demanant-li:

—Per què parleu de la neu al final de l'encomi, quin simbolisme guarda per a Boeci?

—El marbre, la neu, l'aigua són coses dins les coses: és la realitat allò que cerco, Ermessenda, la misteriosa presència de les coses en si mateixes, Ató t'ho ha dit avui —i somrigué en dir això—, tracto de mirar la natura amb ulls nous com féu Boeci. Algun dia això serà la forma de veure i quan es penetri l'essència empírica de les coses, la natura es posarà en el lloc de la teologia. No et sembla necessari?

—¿I per estudiar la natura són necessaris els nombres, com deia Pitàgores? —vaig demanar-li veient com els seus ulls s'il·luminaven.

—He assolit d'introduir la numeració alarb al continent. T'adones de la importància cabdal que tindrà l'aparició del 0? El sistema decimal, desconegut pels romans, permet una gamma d'operacions noves més ràpida i més precisa. A més, el 0 com a concepte, crea una forma nova de pensament capaç de canviar l'esperit del temps. He introduït a les escoles de França i d'Itàlia l'àbac per calcular, l'astrolabi per conèixer les posicions dels astres, tubs per mirar els cels, un planisferi d'esferes buides per ensenyar el moviments dels estels; tot això juntament amb el rellotge de rodes canviarà la noció del temps vers una concepció de progrés.

»Tot plegat, transmès al Pirineu des de Còrdova, ho vaig aprendre amb vosaltres, i per sempre la meva gratitud serà infrangible.

—Jo voldria que preciséssiu les paraules finals de l'audiència. Què haig de fer jo, concretament?

—La teva vida serà llarga, Ermessenda; com a comtessa de Barcelona, esposa, mare i àvia de comtes, hauràs de marcar un estil d'actuació regit pel dret i la civilitat. Ajuda Oliba, sigues la seva ombra: ell necessita la teva seguretat.

»Concretament et recomano que assegureu el comerç i per això és necessari que hi hagi pau i camins. Saps que podeu comptar amb mi per tot: abans no marxis, tinc quelcom per a tu —conclogué Gerbert.

Del que va passar llavors, no vull parlar-ne. Només diré que Gerbert s'alçà i es dirigí al cap misteriós que diuen que parla, i en tragué una cosa. En rebre-la, la meva vida ha estat canviada. Ella és el puntal, el suport, la força de tota la meva obra: és la copa amb la sang reial.

V. Ingilberga a Sant Joan de les Abadesses

Ermengol no esperava com Oliba les arts de la pau per entrar al món, ell comptava amb l'espasa i aviat va trobar raó per iniciar la feina: al-Mansur mort, dissensions tallaven Còrdova i Mohamed ben Hixem cridà els pirinencs a la seva banda.

Abans de partir, Ermengol visità la seva amant Azalais al convent de Sant Joan de les Abadesses. Ingilberga, germana d'Oliba, que les manava, tenia les aficions refinades pròpies de la seva casa, i havia convertit el cenobi en una vertadera cort d'amor més que en receptacle d'austeritats corporals i mèrits ultramundans. El seu regne era d'aquest món i molt de peus a terra, i els cavallers s'hi ficaven, borinots forçant la dolça flor amb les seves cuirasses negres.

Ermengol trobà Ingilberga i Azalais jugant amb els escacs de cristall de l'abadessa, el vi en copes d'or, sobre les catifes esteses en la cambra lluminosa que donava al jardí florit a través d'una delicada galeria de suaus voltes corbades en ferradura, amb capitells cisellats sobre primes columnes esveltes. El temps era clar i perfecte, la cançó dels ocells envoltava la cambra dilecta.

Ingilberga sortí amb discreció senyorívola, deixant Azalais sola amb Ermengol, el qual es precipità sobre la bella. Azalais reaccionà amb una girada inesperada, donant a la situació un caire inversemblant per a l'arravatat i bel·licós comte.

—Azalais, he vingut de lluny per acomiadar-me de tu en el llit del plaer. Potser no ens tornarem a veure. No entenc els teus designis.

—Estic corpresa de tu, comte, però no vull sols l'espasme que tot ho commou, ni l'excitació que ens trasbalsa i passa i el cos es mor. Vull un fet més subtil, un fin amors que em deixi la joia constant, com el cant dels ocells, l'olor de les branques i de l'herba quan traspua i neix, el goig dels cels a la tarda cap a l'hora baixa. Vull que el que passi ara entre nosaltres romangui en mi i en tu, com un embolcall d'alè perfumat que mai no se'n vagi. Com podrem arribar a sentir i retenir tot això?

Ermengol, mentre ella parlava, s'acostà a l'escalfor del seu cos i, com la serp deixa la pell a la font d'aigua tèbia, es tragué la cota d'escats i la roba de damasc que portava sota; l'escuder sortí amb el cinyell i l'espasa. El seu cos d'heroi lluí sobre la catifa àrab, entre coixins de seda blanca i els brocats de Damasc. La dama pogué veure la famosa tofa pilosa que li cobria la columna vertebral, marca inequívoca del seu llinatge, i que el feia semblar un immens sauri supervivent d'èpoques remotes del passat.

Azalais es despullà, tot continuant la seva parla. Sota els hàbits mongívols, l'esplendor daurada de la pell clara i l'esclat dels cabells que oscil·laven onejant aparegueren com la flor que s'obre il·luminada en sentir la presència del sol. Restà penjada al coll la diminuta bossa de lli amb artemisa i coriandre que portaven les monges entre la roba i la pell per evitar la concepció.

—Ja veig que el meu amant no vol sentir poemes. Oliba m'ho ha dit: l'amic Ermengol pensa amb les venes, no cal que el capfiquis amb els teus designis de fin amors. A ell, dóna-li el teu cos i deixa les paraules i el desig no consumat per a d'altres. Sigui, doncs, bell comte. Pren la teva dona incontinent, i ja que de fin amors no vols que et parli, fes almenys l'amor tot finament.

Els músics que entretenien Ingilberga a la cambra veïna tocaren llargament, els sons flotaven en el polsim d'or amb què la llum declina quan arriba el capvespre i la tarda mor amb serenor. Azalais i Ermengol gaudien, amb llurs cossos sota cobertor, el quiet, daurat silenci de l'amor.

Al vespre, Ermengol assistí al sopar de l'abadessa i trobà el seu amic de l'ànima, Oliba, i el germà Tallaferro. Junts parlaren dels preparatius per a l'expedició de Còrdova.

—Tu ja saps, Ermengol —digué Oliba—, que jo no vull seguir els altres abats i bisbes en eixes fetes guerreres: vaig deixar l'espasa quan de comte em fiu monjo; però tinc més a cercar a Còrdova que tu. D'or i estofes, prenne quant ne vulguis, jo vull llibres i homes sapients.

—És amb l'espasa, Oliba, que es construeixen els pobles. Veus què n'ha quedat dels somnis de joventut? Gerbert és mort, com Garí i Ursèol; Romuald marxà al seu desert i no en sabem més. Tan sols l'espasa, Oliba; no ho creus Bernat?

Tallaferro, amb el seu laconisme d'home robust, a penes assentí amb els llavis, si bé tocà significativament la seva espasa, posada vora la taula.

—Deixa'm que t'expliqui —insistí Oliba— la importància del vostre viatge. Tu saps com jo, que Cluny volgué crear un recer dins els poders d'Europa: posant els monestirs benedictins sota l'ègida exclusiva del papa, els monjos amb el seu abat quedaven lliures davant els poders amenaçants i arbitraris dels senyors feudals. Odiló i els altres, dels quals Gerbert ha estat peça important, assoliren eixa independència.

Tallaferro es girà en el seu seient, fent senyal amb la copa buida.

—No sé on vols arribar, germà.

—El mateix any 910 en què Cluny es fundà, en temps del nostre avi Miró de Cerdanya, que al cel sia, Abderraman III féu de Còrdova un califat independent i enlairà el seu reialme fins a fer-lo esdevenir llum d'Occident.

»Bé; la unió de Cluny i Còrdova, l'hem feta nosaltres. ¿Per què us penseu que Fèlix d'Urgell combaté el papa i discutí amb el mateix Carlemany i el seu sicari Alcuí? L'adopcionisme no era cap bestiesa inventada per un bisbe embogit a dalt de les muntanyes, sinó un envit on es jugava la possibilitat d'unió de les cultures alarb i cristiana. Considerant Jesús fill de Déu, adoptat, però no Déu, ens podíem entendre amb els àrabs.

»Però això Carlemany no ho volgué. Ell volia un Pirineu sotmès a ell i a la seva església franca; perseguí Fèlix amb l'ajuda d'Alcuí, del papa i d'aquell monjo asturià de Lièbana, que, per cert, digué que Fèlix era un colló de l'anticrist.

Tallaferro rigué sorollosament; la seva cara ampla, plana i quadrada semblava un capitell tallat de pedra picada, el pit poderós s'agitava.

—I tu creus, Oliba, que ara podem assolir una entesa amb els alarbs? No li interessa, al rei dels francs, i no sé què en pensarà el papa.

—El franc ja és hora que tregui les mans de l'Occitània. El Pirineu és nostre i hem d'acabar el vassallatge. Per això combatiren els nostres avantpassats Bel·ló, Sunifred, Guifred. Nosaltres no hem d'ésser menys. Ens atansem a Roma i a Còrdova per a desenganxar-nos dels reis francs. Gerbert ens ajudà creant l'arquebisbat d'Ausona, independent de Narbona, i ara Còrdova farà de contrapès dels francs.

I Oliba restà enigmàtic, mirant Azalais que, esplendent, sentia reflectir la seva visió meravellosa.

—Bé, Oliva —digué Ermengol, mirant de reüll Tallaferro—, et portarem de Còrdova el que vulguis, però no ens demanis cossos de sants, com van dur, segons explicava el pare, aquells monjos que baixaren de Saint-Germain-des-Prés fins a Còrdova per endur-se'n a França el cos enter de sant Jordi, el cos sense cap d'Aureli i el cap de santa Natàlia. Nosaltres, si et portem cossos, seran d'esclaves alarbs, amb els caps ben posats i tot lo altre!

El sopar acabà i els nobles s'aposentaren a la vora del foc per acabar de xerrar i acomiadar-se. Quan es retiraren a les cambres, Ingilberga retingué el seu germanastre Oliba per comunicar-li les seves inquietuds.

—En Tallaferro està movent plet a Roma per exclaustrar-nos. Ens acusa d'haver convertit la casa d'oració en un bordell de «meretrius de Venus». Ell no entén que jo vulgui conrear aquesta nova forma de relació entre l'home i la dona que anomenem fin amors, el gaudi sublimat en estat d'ànim amorós permanent. Jo inspiro això en les donzelles que em porten i penso que un dia arribarà que es pugui entendre. És el pur amor cristià traslladat a les relacions de cavaller i dama, dona i home. És això fer de «meretriu de Venus»? El que ell vol, naturalment, són les nostres enormes riqueses que el besavi Guifre deixà a Emma, Adalaisa i Ranlo.

Oliba intentà tranquil·litzar-la amb la seva influència a Roma, però deixant clar que ell no podia més que el bisbe d'Ausona. Si la cúria intervenia i demanava una investigació als abats dels monestir veïns, ell, com a abat de Cuixà i Ripoll, certificaria l'honestedat de les intencions d'Ingilberga. Aquesta es retirà un xic més tranquillitzada, però amb el cor ple de recança vers el caparrut germanastre de Besalú.

L'endemà, Ermengol i Tallaferro davallaren cap a Besalú vestits d'armes: l'expedició començava.

VI. Ermengol a Còrdova

L'any mil Còrdova era la més culta, rica, monumental i civilitzada de les ciutats ex-romanes. El poeta Ziriab, favorit de Harum-al-Raschid, s'hi havia exiliat dos segles abans, iniciant una tradició de refinament en el vestir, el capteniment, i fins i tot en la forma de portar els cabells, així com en la poesia, la conversa i l'esbargiment. La llavor de Ziriab caigué en conreu propici dins la terra d'al-Andalus, regió privilegiada, d'habitants intel·ligents, irònics, fins, refinats i entonats pels seus vins delicadíssims en una predisposició amable i joiosa vers el gaudiment de la vida. Els califes cultivaren eixes virtuts de convivència i civilització que arribaren al seu esclat màxim, en vida del meu pare, amb el gran Abderraman III.

A la mort del seu fill al-Hakam II, succeí una etapa inestable de tèrboles transmissions de poder, ràtzies d'al-Mansur i disputes civils internes. Una d'aquestes portà el pretendent al-Mahdí a cercar ajuda dels pirinencs com a exèrcit mercenari, prometent als guerrers del nord cent peces d'or diàries per a cada un dels comtes, dos dinars per cavaller o peó, menjar i vi per tota la campanya i, a més a més, tot el que poguessin arreplegar durant tres dies de saqueig de la ciutat de Còrdova.

Animats per aquestes condicions i atrets per la lluor llegendària de les riqueses del sud, els pirinencs es varen llançar a l'aventura amb entusiasme, potser pensant, a part dels diners, a venjar-se de les cruels desfetes que al-Mansur, els havia infligit no feia gaire. Corria l'any 1010 i era primavera.

L'expedició arrossegà nou mil homes, quasi la quarta part dels pobladors del país, manats pel meu espòs, el comte Ramon Borrell de Barcelona, a qui vaig acompanyar cavalcant en la batalla amb els homes, i per Ermengol d'Urgell, Bernat Tallaferro de Besalú, els bisbes Arnulf de Vic, Aeci de Barcelona, Odó de Girona i Sala d'Urgell qui, amb els seus setanta anys complerts, no volgué perdre's de cap manera la gran aventura.

Wadih, imam de les fronteres, ens escortà fins a Còrdova per parlamentar amb el califa Sulaiman, adversari del pretendent al-Mahdí, que havia contractat els pirinencs. Aquests volgueren entrevistar-se primer amb el seu desconegut enemic per si els oferia millors condicions que l'altre: eren mercenaris i no tenien interès per cap partit, tan sols per les riqueses.

El príncep Sulaiman féu estendre catifes des de la ciutat fins al palau de Madinat al-Zahra a una distància de dues llegües i col·locà a dreta i esquerra del camí una doble filera de soldats que portaven desembeinats uns amples sabres allargats i lluents que sostenien, tocant-se de puntes, com els cairats d'un teulat.

Per ordre del sobirà, els cabdills avançaren sota aquest passatge cobert i així hagueren de fer camí fins a la porta de Madinat al-Zahra. Allí es produí un nou miratge: els seus ulls, enlluernats per l'esclat dels glavis, albiraren una reverberació, com la llum d'aigua sobre roques, que ondulava els sostres, desfeia els arcs en lianes sinuoses, fluctuava sobre els alvèols imbricats de les cúpules, evocant llorigues de malla. En penetrar en el recinte, descobrírem el prodigiós artifici causant d'aquella màgia: un estany d'argent viu, remogut per sepultades hèlices, reflectia la llum del sol sobre l'entrellaç d'arcades, produint al sostre un insomni de lluors i ombres que deixava les parpelles estordides.

Des d'aquesta porta fins al lloc on havia de donar-se l'audiència, el califa havia fet cobrir el sòl de brocat, col·locant en certs indrets dignataris que haurien pogut ésser presos per reis, ja que seien en magnífics setials i anaven revestits de domàs i seda. Els cabdills, cada vegada que veien un d'aquests dignataris, el saludaven, imaginant que es tractava del califa: però els era dit:

—Dreceu-vos, no és més que un esclau entre els seus esclaus.

Un xic amoïnats per les fatuïtats del califa, arribàrem finalment en un pati cobert de sorra: el califa romania assegut a terra amb vestits grossers i curts, tot el que portava al damunt no valia més de quatre dirhems; seia a terra, el cap baix: al davant tenia l'Alcorà, un sabre, un foc encès.

—Vet aquí el monarca —fou dit als guerrers d'Ifrang.

El poderós califa ens assenyalà, sense dir paraula, els tres objectes, indicant que si no acceptàvem l'Alcorà, trobaríem l'espasa i aniríem a parar al foc. Amb això l'audiència fou acabada.

La primera batalla es produí a al-Baqar, una jornada al nord de Còrdova, el mes de maig; pel juliol havíem batut les forces de Sulaiman i férem entrada a la ciutat, saquejant-la exhaustivament tal com era contractat amb el pretendent reposat en el tron. Amb 200.000 vivendes, 1.600 mesquites, 900 banys públics i 70 biblioteques, Còrdova fou un joiell inexhaurible de reflexos, sorpreses i delícies per als expedicionaris cansats de lluitar. Tallaferro i Ermengol foren atrets per la precisió enlluernadora de les armes alarbs, el flexible però duríssim acer toledà, els escuts de cuiro guarnit cordovès, les esclaves cantaires i dansadores que s'acompanyaven amb cròtals de fusta, violes i altres instruments. Els jardins, dins de patis recollits, convidaven a passar les nits amb elles bevent el vi finíssim de Xerès en pavellons reduïts, voltats d'arcades i oberts al jardí delitós ple de verdor, flors aromàtiques, gessamí, rosa i nard, i a endormiscar-se encisats pel so dels brolladors d'aigua amable, suau i invisible com els braços i els cabells foscos, mansois i odorants de les dones andaluses.

Per als bisbes el botí fou més variat, puix a més d'aquestes delícies terrenals, trobaren manuscrits il·luminats, relligats amb exquisits gravats sobre cuiro delicat, estofes de seda persa, damasc i porpra d'Antioquia. El bisbe Sala d'Urgell penetrà en una de les biblioteques, la d'al-Hakam, que contenia 600.000 volums: l'espectacle i l'espai el deixaren corprès, amb una barreja d'enveja i de respecte: sota els prestatges, flexionats pel pes dels manuscrits, s'estenia un banc circular còmodament cobert d'estofes recamades d'or; aquí i allà hi havia escambells, divans, coixins, catifes on hom es podia reclinar agradablement enmig d'un dens silenci, i meditar sobre les obres de tots els temps i tots els països. Esclaus obedients servien al lector vins generosos, tisanes refrescants, aliments lleugers. Sala dedicà agradables jornades a recórrer la biblioteca, escollint una sèrie d'obres que podien agradar Oliba. Ordenà a una legió d'amanuenses que els hi copiessin i prengué aquest botí com la millor penyora de l'expedició a Còrdova.

Una tarda, quan fosquejava, vaig perdre'm passejant per un barri ple de jardins odorants i cases enreixades; així, el meu divagar em portà fins a un jardí desolat la porta del qual era caiguda i on les heures cobrien els marbres fins als brolladors en silenci. De sobte, sentí una veu dolça i amarga alhora, que proferia un cant amb molt poètica tonada, dient així:

Si ara les boques són aspres i eixutes,
molt de temps aquesta aigua apaivagà nostra set;
si la malvestat ha fet el pitjor,
nostra joia tardà a morir.

Vaig apropar-me al racó d'on sortia la veu i trobí un home gran, fi, distingit, polit, urbà, la seva túnica blanca fent joc amb els cabells sedosos i llargs; les celles negres dibuixades i la fina pell terrejada realçaven l'esvelta primor de l'encisador cantaire. En veure'm, s'alçà i em digué aqueixes paraules:

—Qui sou, gran dama d'Ifrang que veniu com aparició portentosa a sentir les meves complantes? El vostre cabell castany, vostra silueta esvelta, aquests ulls color de sang i vostra cara enèrgica demostren una alta condició com a dona i com a mestressa.

—Jo sóc Ermessenda —li diguí—, senyora de Barcelona, Girona i Osona. Voldria portar-vos amb mi per fruir de la poesia de què vós sembleu ésser mestre.

—He estat un amador de la bellesa i de les dones: tal volta inspirat per l'amor o mossegat per les desgràcies he fet mant vers amb desconhort o amb gràcia. Jo sé molt poc, però m'inclino al vostre servei, tant per la bellesa del vostre cos, com per la noblesa de llinatge. Maneu.

—Vull saber, noble senyor, què és l'amor del qual vostres poemes parlen: és un fet, és un estat, és un pensament o una il·lusió que es desfà en l'aire?

—L'amor, Déu vos guard, és una passió natural que neix de la visió de la beutat de l'altre sexe i del pensar-hi obsessivament. L'amor deixa anar la llengua al tímid, il·lumina l'obtús, torna generós l'avar i inspira a tots civilitat, elegància, cortesia, acció i refinament.

—Doncs, això sí que ho necessitaríem per a civilitzar aquesta gent del nord que ens és veïna i que ens amenaça amb la seva barbàrie. Com es pot, amador, inculcar aquest sentiment dins del cor dels pobles?

—Per la poesia, madona: el poeta és l'arquitecte dels sentiments, ell treballa un material que és al cor: les emocions de l'ànima portades per la bellesa i el dolor del món dins dels vivents. Llanceu a rodar pel món una legió de poetes, formeu amb les dones corts d'amor on les passions es moderin i podreu girar el món de la barbàrie a la cortesia. Vós ho podeu fer com ningú, puix a més de noble, il·lustrada i poderosa sou, senyora meva, venustíssima.

—Gentil poeta, ¿podríeu vós deixar-me un grup d'esclaves, músiques i cantaires i alguns rimadors de versos perquè ensenyin al meu país les arts de la poesia cortesana? A casa meva només tenim monjos poetes que repeteixen els llatins, però que no s'han posat encara en qüestions d'amor.

—Amb gust aniria amb vosaltres vers el nord, si les obligacions de la meva casa no em demanessin ací a Còrdova, però no puc: mireu el que resta de la nostra antiga riquesa, la casa arruïnada, el jardí desolat, els parents escampats; haig de fer-me càrrec de la família. Us proporcionaré, això sí, un grup de músics, cantaires i rimadors que puguin iniciar al vostre palau les arts de l'amor.

—Encara no tenim palau, nosaltres; la nostra casa comtal és una cort itinerant que ressegueix els territoris per tal de cobrar tributs. Després del que he vist aquí, penso que establiré una cort fixa que els vostres poetes i músics guarniran amb les arts de la poesia i l'encís de l'amor. Abans d'acomiadar-nos, digueu-me: qui sou, savi amador, que tan bé parlau la nostra llengua?

—Sóc un exiliat a casa meva, un home perdut en un món que ja no és el seu. Sulaiman ens va desposseir de càrrecs i riqueses. Ara vosaltres heu deposat Sulaiman, però jamai res no tornarà a ser com abans. Els temps gloriosos dels Abbassís ja no tornaran: el món s'ha fet vell, la nostra llum s'extingeix i vulgui Allah fer que l'amor i la poesia llueixin un altre cop en la vostra terra! He vingut a casa meva a recordar els dies passats en aquesta formosa mansió, els goigs que he conegut ací, els mesos d'ardorosa joventut passats en companyia d'ufanoses verges, molt aptes per a despertar el desig al cor del més sedat donzell. M'imagino aquelles noies enterrades ara sota la pols, o disperses per llunyanes contrades, escampades per la mà de l'exili, esmicolades pels dits ferotges de l'expatriació. He vist la ruïna d'aquest noble casal, que antany coneguí formós i pròsper, a l'ombra del qual i de la seva ben ordenada administració vaig passar ma joventut; buits són ara aquells patis abans tan vius i concorreguts. Em sembla sentir la veu dels mussols cridant sobre els miradors, la fressa d'abans amb l'atrafegada concurrència de la gent enmig de la qual em vaig fer home. Aleshores la nit seguia el dia amb el mateix enrenou, idèntic anar i venir de peus innombrables; però ara el dia segueix aquí la nit i tot és, per sempre més, desolat i mut.

—Us resten encara l'amor i la poesia; a més a més, tampoc no sou tan vell.

—Una vegada algú em demanà la meva edat en veure'm els cabells blancs a les temples i a les galtes. Li vaig dir: «Només compto que he viscut un moment, ben pensat.» «I com és això? Aclareix-m'ho, m'has dit la més estranya de les notícies.» Li vaig respondre: «A la qui posseeix mon cor, li doní un dia un petó, per sorpresa. Per molts anys que visqui, no pensaré que he viscut, en realitat, sinó només aquell fugitiu moment.»

—Vostre nom, meravellós estranger.

—Sóc Ibn Hazm de Còrdova, senyora.

VII. La Treva de Déu

No tot acabà tan feliçment com al principi ens pensàrem: el derrotat Sulaiman recollí les seves forces i continuà la guerra. El dia primer de setembre, quan iniciàvem la retirada, fórem sorpresos en el pas de Sierra Morena i sofrírem gran mortaldat. El comte Ermengol, combatent ardit però ardorós, no va guardar la discreció escaient a un cabdill en el camp de batalla i, més per diversió que per necessitat, es gità al bell mig de la batalla, rebent ferides mortals. El vell bisbe Sala no va desemparar un moment el costat d'Ermengol, tot fent-se càrrec de la lluita quan aquest va caure. La jornada fou infausta per als pirinencs encimbellats i quasi immobilitzats pel pes del seu botí; tres mil homes moriren, entre els quals els bisbes Aeci i Arnulf, i Sala restà malferit, i morí de tornada, a Gelida, quan encara no havia passat un mes.

Fou una entrada triomfal a Barcelona la dels sis mil guerrers exhibint el botí de tresors expoliats, llibres, joies, catifes alarbs, estofes de Damasc, esclaus, savis, joglars, esclaves. Al final de la parada, uns cavalls guarnits de fosc portaven negres baguls amb els cossos d'Ermengol i els bisbes morts.

La desfeta d'al-Mansur havia estat contrarestada i, a part de la seguretat contra els alarbs, un període de riquesa general, guanyada en aquesta empresa arriscada, s'obria per als habitants de les valls i planes pirinenques. Aviat sabrien aprofitar-se'n en les arts de la pau.

Sobre les monedes d'or preses als alarbs, els comtes feren encunyar mancusos d'or que permetrien l'intercanvi i estimularien el comerç; però calia establir llocs de mercat on els pagesos portessin a vendre allò que els sobrava i els mercaders els venguessin eines, bestiar i vestits. Calia la seguretat dels camins perquè les gents poguessin arribar lliurement als mercats que s'establiren vora els monestirs i als pobles principals de cada vall. Oliba decidí aprofitar l'augment de riquesa produït pel saqueig de Còrdova per impulsar un moviment d'intercanvi comercial a les valls del Pirineu.

El bisbe d'Elna, Berenguer de Curb, havia marxat en peregrinació a Terra Santa, deixant encomanada la cura de la diòcesi a Oliba, aleshores abat del veí monestir de Cuixà. Oliba aprofità l'ocasió per a dur a terme un antic projecte que ja havia començat a perfilar quan ell i el bisbe Ermengol d'Urgell anaren a Roma l'any 1001. A tal fi, visità el bisbe Ermengol a la Seu d'Urgell per demanar-li consell i suport.

Pujà per la vall de Prada vers el coll de la Perxa, on comença la Cerdanya, no lluny de Puigcerdà. Allà trobà el naixement del Segre, «cujus caput est in jugo quod Cataloniae adjacet», el curs del qual va seguir vers ponent per arribar a la Seu. Des de la prehistòria fins als romans, el Segre ha estat la via del Pirineu que comunica les planes d'ambdues bandes. El camí angost vorejava el riu i es feia perillós en els penya-segats del pas de les Cabanotes. A Bar veieren un pont en construcció que els sobtà pel tirat prodigiós de la seva llum i l'alçària airosa de l'arc circular que el sustentava. La sorpresa fou gran quan, en apropar-se la comitiva, Oliba descobrí el bisbe Ermengol enmig dels treballadors, enfilat dalt d'una bastida de fustes, dirigint la col·locació de les pedres en l'angle i la inclinació correctes.

Ermengol deturà les obres i baixà de la bastida per acollir l'abat-bisbe veí seu.

—Estimat Oliba, em trobes ben bé fent de pontífex; les crescudes del Segre fan difícil el camí per aquest costat del riu i el camí de dalt, que uneix Estamariu a Bescaran, és llarg i fatigós. Hem decidit passar el camí a l'altre costat del riu, bastint un pont alterós que sigui testimoni de la nostra feina pel país de l'Urgell. Estic preparat per a rebre't a la Seu com correspon a un visitant tan il·lustre, estimat i car de veure.

Les dues comitives es posaren en camí, passaren les fonts calentes de Sant Vicenç, on Oliba prengué les aigües i en féu recollir algunes bótes, passaren sota Arsèguel i Bescaran, tot contemplant la grandiosa murada del Cadí, barbacana de la Seu contra els atacs provinents de les insegures planes del sud. El sol queia i la gran serralada grisa i blanca prenia el color rosat de les glorioses tardes de claror a la muntanya; un últim raig quasi violaci va descrestar la Canal Baridana quan el sol tramuntà per Sant Joan de l'Erm i la ràfega freda del capvespre avisà que la llum s'allunyava. Arribaren a la Seu quasi fosc, entrant pel camí ral sota l'absis de la catedral i el castell del bisbe. Després de reposar i d'haver fet un bon àpat, a la lluor oscil·lant de les teies sobre l'humit granit torrat de les parets de la Seu, Oliba consultà el seu projecte amb el bisbe Ermengol.

—Quan anàrem a Roma fa uns anys, tu demanares al papa una butlla per a la confraria que volies fundar a Ivorra; era un document insòlit que escapava de l'estricte camp religiós vers una funció civil i gairebé diria popular. Com ha resultat l'aplicació d'aquesta idea teva?

—Veureu, Oliba, els capítols d'aquesta constitució prescriuen que a cada vila, castell o parròquia on hi hagi almenys dotze caps de casa inscrits a la confraria, podran escollir els seus capitans i administradors; que si cap confrare vingués a menys per desgràcies o llargues malalties i no tingués de què viure, ell i sa companya seran proveïts pels béns de la confraria; que si algun confrare queia malalt i no tenia qui l'assistís i vetllés, fos vetllat per un altre confrare a indicació del capità corresponent; que es dotessin les filles dels confrares que no tenien béns per fer-ho, i altres condicions altruistes com les esmentades. Els resultats, fins ara, ens emplenen d'esperances.

—Jo tinc —digué Oliba— un projecte ambiciós i difícil per establir la seguretat a les gents humils. Tu saps que bastim ponts i camins per a fer país, comunicant unes valls amb les altres i els pobles veïns per tal de possibilitar un mercat a la Seu, a Ripoll, a Prada, on cada setmana els pagesos puguin portar a vendre allò que els sobra i adquirir el necessari que no es poden fer ells. Cal seguretat en els camins i les viles perquè això es consolidi. Hem de trobar-ne la manera.

El bisbe Ermengol i Oliba platicaren llargament, les teies s'escurçaren i els primers cants d'aucells i la claror de l'alba els trobà en el buit d'una finestra que donava al Segre, mirant com el Cadí era tocat pels dits rosats de l'aurora.

Els dies d'estada a la Seu, Oliba féu copiar els capítols de la confraria establerta per Ermengol mentre ell s'entretingué llegint i admirant les il·lustracions del llibre de l'Apocalipsi que Ermengol guardava a la catedral.

—Aquest Beat de Lièbana, d'on treu eixes quimeres que emplenen els dibuixos, tan delicats i expressius, per cert? Quin estrany caràcter aquest home!

—Tu saps que va ser ell qui se les va tenir amb el nostre bisbe Fèlix en els temps de Carlemany. El primat de Toledo, Elipand, en el Concili de Sevilla contra Migeci va escriure: «Aquell qui, a la vegada, és fill de l'home i fill de Déu, fill adoptiu en la humanitat, fill no adoptiu en la divinitat.» Lièbana i un tal Heterí l'atacaren, i amb ell a Fèlix, dient-los «fals profeta, llop carnisser, heretge nestorià». Fèlix, a més de monofisita, li va dir «crapulatus in vino», i ja vam ser-hi. Ell contestà a Fèlix que era un colló de l'anticrist. Tot per ballar-li l'aigua a Carlemany que no volia de cap manera que els cristians del Pirineu s'entenguessin amb els islàmics de la península. Si Fèlix i el seu protector Elipand de Toledo haguessin consolidat l'adopcionisme, s'hagués pogut produir una entesa entre els moros i cristians, unificant la península: això, Carlemany no ho volgué de cap manera i, ajudat per Lièbana, atacà el nostre bisbe fins a fer-lo deposar i morir captiu a Lió. Vet aquí qui era Lièbana.

—Tanmateix la seva obra és d'una riquesa i sensibilitat grans: sembla que també ell hagi après molt dels alarbs; guaita eixes arcades en ferradura, els guerrers abillats així i la complicació geomètrica de les majúscules.

—Gerbert amava molt aquest llibre i el llegia quan venia ací: va fer-ne una còpia que duia sempre amb ell. Si això et complau, te'n faré fer una.

Ultimats els punts per al projecte d'Oliba, Ermengol decidí acompanyar-lo fins al pont de Bar i romandre allà per continuar les obres. S'acomiadaren a la vora del riu i la comitiva d'Oliba remuntà el curs vers Martinet. Tot just es perdien a l'últim revolt del camí de pedra que vorejava les aigües, quan sobrevingué un enorme soroll que ells, riu amunt, ja no sentiren. Una bastida mal estintolada féu desplomar un munt de pedres de l'arc suspès del pont. Les pedres arrossegaren en la caiguda Ermengol i els picapedrers que les ajustaven. El cos mortalment ferit del bisbe caigué al riu i les aigües impetuoses en aquell indret se l'emportaren riu avall enmig dels crits consternats i el tràfec dels treballadors per auxiliar-lo.

Oliba continuà, aliè a aquesta catàstrofe, el seu viatge feliçment, aturant-se a l'església triangular de Planes per fer oració. Gerbert l'havia assenyalada com a lloc important de poder i volgué aprofitar les energies que el lloc pogués donar-li. La forma insòlita de la capella, amb simetria central i lòbuls a tres vèrtexs, feia pensar en el panteó d'una antiga religió pre-cristiana. El secret, segons Gerbert, era l'orientació de les bisectrius i costats de l'estrany edifici: la geografia sideral, tinguda en compte per situar castells i santuaris, tenia en la localització i forma de Planes un paper determinant.

Tot això pensava Oliba mentre baixava cap a Prada per la vall estreta, si bé amable, de Conflent. A la vora tenia Aiguatèbia, lloc de nissaga del bisbe Ermengol, els consells i experiència del qual l'havien confirmat granment en la necessitat i viabilitat del seu projecte.

Abans que tornés de Terra Santa el bisbe d'Elna, Oliba convocà a Toluges, cruïlla de camins entre la costa i el Pirineu, l'Empordà i el Rosselló, en un prat ample i esponerós des d'on s'albirava la mar i el Canigó, els clergues i magnats del bisbat, i, en assemblea, proposà de fer observar no una rigorosa pau tots els dies sinó una treva des del dissabte a la posta del sol fins al dilluns a trenc d'alba. Oliba va fer llegir al monjo Garsies els termes de les observances.

—«Que cap habitant del sobredit comtat —llegí Garsies— no assalti el seu enemic des de l'hora nona de dissabte fins a l'hora prima de dilluns, a fi que tothom pugui complir els seus deures del dia dominical; que ningú no assalti de cap manera els clergues ni monjos que vagin sense armes, ni aquells homes que, amb la seva família, vagin o tornin de l'església; que ningú no gosi assaltar ni violar les esglésies ni les cases posades a trenta passes entorn d'elles. Constituïm aquest pacte o treva —conclogué Garsies— segons hem llegit, perquè, prescindint de la llei divina i de la religió cristiana, abunda la iniquitat, i la caritat es refreda.»

Un nebot d'Oliba, el bel·licós Guifré, arquebisbe de Narbona, que comparegué armat al Concili, s'aixecà amb un moviment impetuós que tots interpretaren com de protesta, però, davant l'expectació general, que esdevingué sorpresa, s'arrencà les armes i arreus de cavaller, es postrà i decretà l'excomunió contra ell mateix i tots els bisbes que reprenguessin les armes.

Oliba respirà complagut com si sentís el calfred de viure un moment decisiu: potser aquí acabava una època, ja no tornarien els temps de l'expedició comandada per tres bisbes a Còrdova o les campanyes recents del mateix Ermengol per a reconquerir Guissona. Animat pels positius resultats del Concili, expedí cartes al seu bisbat d'Ausona i als seus monjos de Ripoll, ampliant els termes:

«La pau serà mantinguda per totes les nostres regions des del dijous fins a primera hora del dilluns. Les esglésies tocaran el senyal a hora foscant del dijous, i els capellans que amonestin cada diumenge el poble en les seves esglésies amb l'excomunió per als violadors de la Treva. També seran excomunicats els falsificadors de moneda i els seus patrocinadors i encobridors. Que tot això ho facin publicar pels mercats i que tots els mercaders que vagin o tornin dels mercats, no siguin destorbats o inquietats, sota pena d'excomunió els qui ho facin o aquells que els prenguin el seu amb violència.»

Amb aquesta decisió clarivident, Oliba assegurava el comerç als seus súbdits i possibilitava l'estructuració de viles i masos dispersos en una entitat conjunta d'ajuda mútua i d'interès comú: un país. Ara, aquesta seguretat civil i base econòmica, calia manifestar-la amb l'eclosió d'un art corresponent; el país posseïa els mitjans, ells els coneixements: amb l'ajuda dels monestirs s'obriria al món, des del Pirineu, com flor altívola en la puresa de les altes muntanyes, un místic art nou carregat de bellesa, solitud i misteri.

VIII. El somni del pontífex

Amb els anys, Oliba féu ús abundant dels coneixements rebuts d'Ursèol i Gerbert. Plànols, mesures, mètodes de càlcul i els símbols dels capitells foren utilitzats per ell i pels monjos que ell instruí, els quals recorregueren el Pirineu bastint esglésies, decorant capitells, policromant talles, pintant frescos, arranjant camins, bastint ponts i ensenyant als dotats aquestes arts noves perquè ells mateixos continuessin enriquint els seus pobles.

Oliba i els seus crearen una forma d'espai nova: l'església amb tres naus d'una mateixa alçada, en la qual no són necessaris contraforts, les tres voltes contraposen mútuament les càrregues i la pressió lateral és absorbida pels gruixuts murs; damunt, un sol teulat de lloses a dues vessants. En els llocs més petits on la comunitat necessita menys espai es bastí una sola nau amb volta de pedra, en el creuer una cúpula i petits finestrals allargassats, com agulles de llum, aclarint a penes l'interior petrós, dur, humit i obscur de l'església.

La catedral de Vic el 31 d'agost de 1038, la de Girona el setembre, la de la Seu d'Urgell dos anys més tard; a

Cuixà va fer construir la cripta de la Mare de Déu del Pessebre i les dues torres altívoles i harmonioses; Ripoll, el va fer enderrocar per a bastir-lo tot de nou, més grandiós, abocant-hi tota la seva ciència; aixecà el primer monestir de Montserrat, i pertot arreu camins i obres civils d'utilitat pública, com els dos ponts sobre el Ter i el Freser a Ripoll.

Els claustres, però, eren el seu reducte predilecte i disposà tot l'amor i els coneixements per a convertir-los en l'espai senzill, poderós i màgic que resumís i recordés a la posteritat la qualitat del seu temps i el que sentien els homes que els bastiren. Recordant aquell matí gloriós amb Gerbert a Serrabona, disposà a Ripoll i a Girona seqüències de símbols que traduïen antífones del cant gregorià; els millors picapedrers foren posats a esculpir cal·ligrafies en pedra, tan subtils i delicades com les capçaleres dels manuscrits il·luminats.

La Treva de Déu començà a pacificar el tarannà bel·licós del temps; primer a les nostres terres, després, a poc a poc, pujant cap al nord, la idea d'uns dies sense armes ni violències, de dissabte a dilluns, després des de dijous, va anar arrelant, propalada pels bisbes. A Narbona, després a Magalona, aviat arreu de Provença i Aquitània, i d'ací a la resta del continent.

El món semblava refer-se, a poc a poc, per obra d'uns pocs i, en aquells moments, vàrem arribar a creure que entre nosaltres podríem fer-ho; tots érem parents: comtes, bisbes, abats, i com a cosa de família vàrem intentar una teocràcia civilitzada, usant l'església com a moderadora, els comtats com a mans seves i els monestirs per proveir els homes.

Els monestirs foren nucli germinal d'aquesta nova cultura: església, escola, mercat, tribunal i lloc segur, aglutinaren al seu entorn les relacions socials que quallaren al país; el monestir ha estat el bressol del renaixement comercial i cultural que ens interessava promoure. Mancava restablir el respecte a la llei, inculcant la pertinença de la seva aplicació i el costum de recórrer als tribunals per fixar els plets.

Aviat tinguérem ocasió de provar-ho: vaig fer donació a la Seu de Girona d'un alou situat a Ullastret, al Baix Empordà, que es trobava dins del comtat d'Empúries, en un petit territori que feia anys que el comte Hug I d'Empúries havia venut al meu espòs Borrell. El comte d'Empúries va exigir que se li retornés l'alou d'Ullastret, al·legant que la venda que n'havia fet feia deu anys era invàlida puix que aleshores ell era menor d'edat. Sense més paraules, el comte va envair l'alou d'Ullastret i se'l va fer seu per la força. Jo vaig respondre convocant immediatament el mes d'agost una assemblea judicial a Orriols en el camí entre Empúries i Besalú, presidida pel comte Bernat Tallaferro, Oliba, jutges, nobles i magnats.

Aprofitàrem les hores primerenques del matí, abans que la canícula no torrés els camps coberts de blat madur i envoltés l'aire en l'ardor d'ensopiment que arriba amb el meridià somort de les cigales, per a reunir-nos en la frescor de l'església de Sant Genís. El comte Hug d'Empúries aportà com a proves que Ullastret es trobava dintre el seu comtat i que ell posseïa el comtat amb plenitud de drets tal com l'havien tingut els seus avantpassats i amb la mateixa potestat que hi havien tingut els reis.

—I per tal de provar amb judici de Déu la veracitat de la meva causa —conclogué Hug—, proposo una batalla campal entre dos cavallers, un per cada litigant.

—Aquestes pràctiques violentes heretades de l'època bàrbara no han de tenir més cabuda al nostre país —vaig replicar-li jo—; no és així com s'han de dirimir els plets entre gents civilitzades; el Llibre dels Judicis, que té plena vigència al país, no permet que els negocis es decideixin mitjançant una batalla. Adduïu proves i testimonis perquè els examinin els jutges.

El comte refusà, volent mantenir el seu criteri. Oliba em va fer costat i arrossegà el seu germà Tallaferro vers la decisió judicial. Gombau de Besora, Guerau de Cabrera, Amat de Girona es posaren també de la meva banda comminant el comte Hug perquè acceptés la via judicial.

Jo vaig presentar les meves proves i testimonis als jutges Guillem de Girona, Guifred d'Osona i Ponç Bonfill Marc, al qual, més endavant, jo faria redactar els Usatges, i fallaren a favor meu. Insospitadament, Tallaferro es va girar amb una de les seves caparrudes rauxes a les quals ens tenia acostumats i que tant mortificaven el seu germà Oliba.

—Com a representant dels drets del comte d'Empúries no m'avinc a la sentència: ordeno als jutges que revisin els testimonis i tornin a prendre una declaració jurada de les deposicions; i com a prova de la rectitud de la meva intenció, juro sobre aquest altar de Sant Genís que si es fa tot això i es prova la legalitat de les declaracions dels testimonis, el comte d'Empúries, el qual jo represento, renunciarà a la possessió de l'alou d'Ullastret.

El fideijussor del comte, Eldemar de Finestres, per dilatar més la sentència, es negà a rebre la declaració dels testimonis i amb buides excuses marxà del judici. En aquest moment de confusió, fou Oliba qui, prenent l'assumpte en les seves mans i exercitant l'exquisit tacte de pactista que el caracteritzava, portà el judici a bon terme. Quan l'assemblea es dissolgué, Oliba m'invità a visitar el seu monestir de Cuixà, per mostrar-me les torres i el claustre bastits segons les normes que, davant meu, rebé d'Ursèol. Jo li diguí:

—Vindré, estimat cosí, amb una condició: que em doneu N'Arnau, el vostre secretari, per fer-lo abat del monestir de Sant Feliu de Guíxols.

—Saps, Ermessenda, la meva predilecció per Arnau: demana'm el que vulguis, llevat que prescindeixi d'ell.

—Us he donat mil homes i ara me'n negareu un?

El matí que Oliba i Arnau partien, em vaig presentar a l'església i tot just acabada la missa d'Oliba, m'atansí a l'altar i allà mateix vaig implorar amb gran confiança i conjurar Oliba per les relíquies santes d'aquell altar.

Oliba manà i Arnau, que no volia de cap manera, obeí, prenent el govern de Sant Feliu, però sense admetre ni la benedicció ni el títol d'abat durant la vida d'Oliba.

Quan el vaig visitar a Cuixà, la seva construcció em corprengué: mai no hagués pogut imaginar la força d'aquella magnificència en la senzillesa. La cripta amb la palmera resultà especialment impressionant: llòbrega, austera, potent, recollidora, un espai pensat per a copsar els racons més endinsats de l'ànima. Als seus apartaments, hi tenia cignes i un gavial. Em rebé amb eixes paraules tot gojós:

—Oh joia, alegra't amb mi, Ermessenda, tinc una grua que ja aprèn a volar, té el caparró enrogit, les plomes li negregen i se li aclareix la veu!

—Em comences a recordar Gerbert, quan el vam visitar per primera vegada, amb les seves dèries inesperades.

Tot dient això, vaig examinar el faristol per saber què llegia. Ell ho veié i s'avançà:

—Estava llegint l'Eneida, em plau aquest poema que diu:

Ell, en l'escut de Vulcà, present maternal,
tals escenes veu corprès. Ignorant els fets,
en frueix les imatges i es carrega a l'espatlla
els destins gloriosos de Roma.

La dolça afabilitat d'Oliba rimava els moviments suaus de la veu amb la seva mà, llarga i nerviüda, que es movia com un aucell, revelant l'anell amb una dona despullada que li regalà Arnau Mir de Tost.

—Veig, pel camafeu que portes, que la teva admiració pels destins gloriosos de Roma no ha minvat encara.

Com tots els homes creguts de portar un destí carregat de missió redemptora vers els altres, Oliba no solia captar la ironia. Respongué molt seriós:

—Ni pot minvar, estimada, ha estat la força que mou els meus afanys de reforma. Si no fos per retrobar el somni de vida cristal·litzat en aquest camafeu, no pagaria la pena la tasca de construcció que hem emprès. No, Ermessenda, jo, comte i fill de grans, no hagués mogut un dit si Gerbert no hagués incendiat en mi l'esperança d'un món refinat, bastit sobre els valors de les suaus terres mediterrànies. Jo vaig creure aquest somni. Que lluny em sembla ara!

Féu un senyal amb el dit i uns escolans invisibles darrera la cortina entonaren un motet que ell seguí amb malenconia acaronant el camafeu. Després digué, com recordant:

—Quan el seu protegit i protector, Otó III, morí jovenissim, Gerbert el seguí a l'altre món dos anys més tard; amb ell, el nostre projecte perdé son puntal bàsic. Tu, jo i els nostres hem continuat, prescindint de Roma, recolzant-nos en Còrdova, i hem reeixit en algunes coses: monestirs, esglésies, manuscrits il·luminats; les ciències, el cant i la pau a les nostres terres; però la resta del món no ens ha seguit: els castellans volen Toledo i Còrdova, els francs l'Aquitània, els alemanys Roma; no s'adonen que conquerint eixes terres retardaran segles l'avenç de la cultura ja prou desgavellada.

—Bé sé, Oliba, l'impotent plany del civilitzat davant la força bruta del conqueridor, i la gran dificultat a fer entendre els guerrers. Tinc por, Oliba; veig el nostre món massa refinat i pròsper enmig de tanta barbàrie.

—I digues-ho tot, Ermessenda, digues que la nostra tasca fracassa: no n'hi ha prou amb el que hem fet. No es pot canviar el món des de dalt. Cal començar per baix.

—No sé on vols arribar.

—Vull arribar al final: tens el grial que Gerbert va

confiar-te, fes-ne ús: consagra cavallers i amadors, cantors i perfectes, com la nostra regla secreta permet. Fes-ho, Ermessenda, és arribat el moment: és la nostra darrera esperança, cobrir el món de trobadors i perfectes, emplenar l'Occitània de fins amadors, de captaires, d'homes bons que preparin, poble per poble, des de baix, l'evolució començada que nosaltres hem volgut llançar des del poder de la nostra família.

Per què finalment requeia en mi la tasca que jo no havia demanat? Per què, en un món d'homes, havia d'ésser jo qui empenyés endavant una feina tan complicada? Vaig exterioritzar eixes protestes a Oliba, que respongué:

—La terra és dona, la força és femenina. A més comptem amb elements importants: tenim Roda enlairat en muntanyes que vigilen el mar sobre dues contrades a solei i obaga, Ripoll entre rius i serralades; Cuixà ric en prats i aigües sota la muntanya sagrada i el secret Montsegur del qual Tallaferro ha fet plaça forta. Tenim un rosari de monestirs com torxes guardant la llum mentre arriba l'albada; recolza't en tot això i en la teva autoritat de comtessa: tu manes en el Pirineu, m'has donat més de mil homes per fer-ne monjos i cavallers, has dotat monestirs i esglésies, colonitzat erms i despoblats; tu ets mestressa de Barcelona, Girona i Osona: fes la teva voluntat i dóna'm forces a mi, com ja fa temps que fas.

Aquestes darreres paraules d'Oliba em feren rodar el cap i m'inquietaren.

IX. Tempora fulgida

Avisada de la perillosa malaltia d'Oliba, vaig tornar a Cuixà pocs mesos després, el vaig trobar en la seva cambra envoltat de fidels a qui donava consignes, els seus predilectes, Arnau, Garsies i Gualter, els amantíssims companys d'escola i scriptòrium; tots sabien que aquelles eren ses últimes instruccions.

—Durant el temps de la ja nostra llarga vida, hem aplegat un feixuc rebost fusionant i acumulant coneixements. La confluència dels rius Ter i Freser a Ripoll sembla talment símbol de la fusió al nostre scriptòrium de dues civilitzacions diverses: la nòrdica i la mediterrània. L'una, matisada d'irlandisme pels corrents de la reforma cluniacenca, es féu cada vegada més intensament llatina gràcies a Ató i Garí. L'altra, arribada a nosaltres a través dels còdexs procedents d'al-Andalus ens inicià en el coneixement de les ciències conreades a Alexandria.

»El nostre scriptòrium ha acumulat més de 200 còdexs contenint tot el saber dels antics i el que avui es coneix en la cristiandat.

»Jo ja sóc vell i no he preparat tot això per un gust de l'art. Ara us correspon a vosaltres fer-ne ús.

Arnau, que era un jove prim i despert, amb ulls blaus intensos sota abundant i enlairada cabellera negra, que li donava un aire d'aucell ràpid, respongué amb enardiment:

—Saps, Oliba, que nosaltres complirem amb lleialtat i entusiasme qualsevulga feina que tu vulguis encomanar-nos, però no entenc, i d'això n'hem de parlar amb Garsies i Gualter, quina feina és bastir un país o crear una cultura. Sabem fer ponts, il·luminar manuscrits, traçar capitells, però d'això a fer un país o esclarir un món de nou...

—Tu ho has dit, Arnau, fer un país és bastir ponts i obrir camins, il·lustrar un món és com il·luminar manuscrits. Pregunteu, sinó, a Ermessenda que fou com jo alumna de Gerbert.

Veient l'atenció desesperada amb què Arnau volia entendre'l, Oliba inicià un circumloqui, satisfacció secreta que tots els nascuts amb vocació de mestre es prenen amb fruïció.

—Vosaltres, a Cuixà, Ripoll, Urgell o Roda sou un reducte privilegiat: sabeu llegir, teniu la saviesa antiga disposada a servir-vos, sabeu també bastir per mitjà de les matemàtiques i les figures geomètriques. Fins i tot podeu cantar gregorià i enlairar-vos buscant idees en les ales de la música inspiradora de formes per a bastir claustres, dibuixar manuscrits i pintar frescos.

Jo l'interrompí per fer tocar de peus a terra la seva teoria, evitant que es fatigués parlant massa:

—La qüestió ara és posar a l'abast del poble tot sencer, del Pirineu fins al mar, la part d'eixos coneixements pràctics que emplenin la vida diària, les feines, les hores buides vora les llars endormiscades, amb un nou esperit; perquè un nou esperit és un nou món.

—Compartim, dama Ermessenda —digué Gualter—, eixes nobles paraules, però ens costa encara de veure com posar fil a l'agulla, com materialitzar aquests sublims projectes.

—Gualter —digué Oliba—, tu ets arquitecte, eres al pont de Bar quan mon cosí, el bisbe Ermengol, morí bastint-lo; ell et va ensenyar els secrets de l'art dels pontífexs: un país es basteix amb ponts i camins. Un país és un conjunt de gent que abans vivien separats, pobrament, autosuficients, i ara treballen junts en un projecte de vida comuna, que s'enlairen o s'ensorren a la vegada, gaudeixen la collita de l'any o passen gana tots junts, perquè comercien i es tracten. Això és un país: gent embarcada en la mateixa nau per un pacte voluntari de solidaritat dels uns amb els altres. El pont d'aquesta nau alterosa és el nostre Pirineu, la nau serà tan llarga com vulgueu; la podeu fer molt gran, trobeu-li però la mida exacta, no volgueu abastar massa: un país, com un cos d'home, ha d'ésser proporcionat i no engreixar-se. Així serà un cos gentil que se sent bé dins la seva pell, un país lleuger, elegant i airós, com les mateixes muntanyes.

—¿Vols dir, Oliba —considerà astorat Gualter—, que tenim a les mans el fil que pot dirigir el futur del país?

—Cal bastir pont i camí, cal connectar, obrir les valls, saltar cims i penya-segats, instaurar fires i afavorir mercats vora monestirs i catedrals: unir els pobles amb camins i calçades com era en el temps dels romans: llavors haurem creat un país.

—Però, i els coneixements —digué Arnau—, com farem arribar lletres i arts, ciències i tecnologies al cor del pagès, del pescador, del pastor i l'artesà que treballen de sol a sol?

—Tu saps fer mosaic, Arnau, Ursèol te n'ensenyà i ens has guarnit Ripoll amb un art que tothom lloa. I tu, Garsies, saps il·luminar embellint els manuscrits que els alarbs ens traspassen: doncs bé, cal treure aquestes arts pertot arreu, posar-les on els ulls les puguin veure, a cada poble, ermita i conflent. Cal fer llibres de pedra i mosaics d'imatges, majúscules als capitells i arabescs als claustres, que cantin dins selves de símbols l'antífona del goig de viure en la naturalesa renovada.

Oliba, exhaurit per l'exaltació del seu rampell, es deixà caure al setial, però com si no hagués finit el que volia dir, ens continuà fitant amb els seus ulls un xic desorbitats, amb el cercle blanc dels il·luminats, i digué feblement amb una fermesa inqüestionable:

—Realçareu monestirs, esglésies i claustres amb pintures, relleus i capitells on les gents puguin llegir el que nosaltres guardem als llibres: la finor dels sentiments delicats, l'harmonia de les matemàtiques, la dolçor de la poesia, el misteri corprenedor de lo daimònic. Tot això, heu de posar-ho en pedra, imatge i càntic. No menys d'això us dono per tasca.

Gualter, Arnau i Garsies es miraren emocionats, els ulls els brillaven; després, tot d'una, abraçaren l'abat i sense dir mot eixiren de la cambra. Oliba em mirà: mai més no oblidaria jo la seva dolça, trista, anhelosa, encoratjadora mirada. Sortí amb mi al claustre i demanà als seus fidels monjos que l'ajudessin a fer un passeig. Caminàvem lentament, Oliba anava mirant els animals, quimeres i entrellaçaments dels capitells, i, insensiblement, amb veu molt baixa, entonà un càntic, melodia fonda i simple eixida del seu pit; cada capitell li arrencà una nota que sostenia en anar passant, fins que els seus ulls es posaven en l'altre. Arnau, Gualter i Garsies, commoguts, prengueren el to i l'acompanyaren en les modulacions del gregorià. El claustre ressonà, vibrà i prengué vida amb les veus emocionades dels amics i la veu agonitzant d'Oliba. Tot caminant, el ritme del cant prengué cos amb la respiració del moviment i la cadència de les petjades; una atmosfera irreal emanà dels silencis entre les notes, silencis que separen en comptes d'unir les paraules, silencis que s'allunyen del mot com aures de llum incorpòria.

En aquests silencis separadors, enmig de paraules sagrades, cavalcant sobre els sons que les pedres dictaven, Oliba es va anar desprenent del cos. Ja no cantava Només expressava els silencis entre els mots i en ells s'allunyà, a poc a poc, com les ones d'una pedra caiguda feia molts anys al riu de la vida que ara arribaven, quasi imperceptibles ja, a l'altra vora mai no trepitjada. Els monjos l'hagueren d'agafar i, com que era pesant, l'arrossegaren, entre plors i sanglots, cap a la seva cambra. Jo vaig romandre al claustre. Ara estava altra vegada sola: marit, fill, Oliba perduts, era Ermessenda, la que es troba a l'erm. La tarda anava caient, el polsim d'or que l'últim sol il·lumina continuà flotant dins les arcades; vaig ésser conscient que la tasca de la nostra nissaga queia ara sencera sobre les meves espatlles, però també sentí amb claredat que les bases d'un món nou ja eren posades.

Segona Part:
L'OBAGA: 1212-1264

Aquelles muntanyes
que tan altes són
me priven de veure
mos amors on són.

Si sabés on la veuré,
on la retrobar,
passaria les aigüetes
sense por de m'anegar.

Altes bé són altes,
però s'abaixaran
i els mos amors
de mi s'aproparan.

Gastó Febus, comte de Foix

Jo no sé com però un vent de profecia
corre sobre eixos móns d'ací i d'allà;
Jo no sé quan, però vindrà un dia
que el Pirineu regnarà!
Vosaltres els del mar cap a Baiona,
vosaltres els de Pau i d'Argelers,
vosaltres de Tolosa i de Narbona
i los del bell parlar provençalès;
i tu, Aragó més alt, i tu, Navarra,
oh catalans que a l'altre mar sou junts,
alceu els ulls al mur que ara ens separa;
s'acosta el dia que serem tots un...

Joan Maragall. *Glosa*

X. El cant de l'alosa

El sol gairebé despuntava: el jove Cercamón caminava vora el pastor, quan el ramat féu volar una alosa. Del seu vol, en sortia un cant que el donzell es deturà a escoltar embadalit.

—*Quan veig l'alosa moure*
de goig ses ales contra el raig,
com s'oblida i es deixa caure
per la dolçor que al cor li va.
Ai! tan gran enveja em ve
del que veig joiós
que em meravella que el cor
no se'm fongui de desig.

Un joglar sortí rient de darrera dels boixos i s'obrí pas pel mig del ramat cap a Cercamón i el pastor. Portava a les mans un llaüt enlairat perquè no el colpissin les ovelles que s'arremolinaven entorn d'ell, obrint-li pas amb l'estranya agitació dels bens, mig alegre mig amb por.

—Encara no és arribat el dia en què cantarà l'alosa. Tot arribarà; de moment és mestre Bertrand, bons homes, qui es delita en aquest cant auroral. Us ha plagut?

—Certament, no podia ser més dolç. Qui ets i d'on véns, estranger? D'on surt aquest cant que em corprèn i que em sento destinat a estimar?

El joglar féu un gest burlesc i graciós, com presentant una actuació, i assenyalà cap al bosc.

Cercamón deixà el pastor Ermengard i s'allunyà seguint el joglar. Vora el torrent sorollós trobà un cavaller que tot rentant-se en l'aigua clara entonava la cançó que l'encisava.

—Qui sou, bon cavaller, que així podeu moure les ànimes, atraient-me fins ací per veure-us?

—Sóc Bernat de Ventadorn, trobador, jove amic que m'heu trobat, per servir-vos.

—I què feu en el món, Bernat de Ventadorn?

—Ensenyar el fin amors a tots aquells que no el coneixen i vulguin escoltar-me.

—Expliqueu-me'l, doncs, a mi, que he deixat els meus pares per tal de veure món i conèixer tot allò que és bo i admirable.

—Mon bell i benintencionat donzell: fin amors és el fi de l'amor, el joi de la natura. Un amor que, passant per la persona, l'arrossega molt lluny fins a tastar un sentiment tot fi i difuminat, l'amor de la natura en ella mateixa.

Bernat era un cavaller: cap i cabells de guerrer, ulls dolços de poeta; la seva veu reposada i sàvia guanyava els camins del cor i quan callava per començar altre pensament, els llavis o la gola li feien un soroll de buidor com si amb l'alè li sortís l'esperit de les paraules.

—El fin amors —continuà— és transcendència vers un àmbit més gran que abasta tant la llum com el cant dels ocells i tant el blat madur com l'aigua clara que corre amb soroll joiós. L'amant es recolza en l'amat com en una pedra, per passar més enllà sobre el torrent on Narcís s'atura emmirallant-se. El fin amant cerca més enllà del seu amor i de l'amat per a trobar un àmbit grandiós on tot, aigua, pedra, arbre, és amat i amant alhora, on el cant dels ocells és entenedor i tot secret s'obre. Nosaltres, trobadors, ens hem donat la missió de tornar amorosos els altres.

—No sé si comprenc, Bernat, això que em vols dir. Hi ha un sens tancat dins les teves paraules. Ara com ara, jo no t'entenc, però sí puc dir-te que sento dintre meu el suficient per saber que vull seguir allò que tu ensenyes i arribar on tu arribes. Què cal fer?

—Jove amic impetuós, has d'estar molt segur i disposat, en tant que amador, a les més altes empreses: patiràs i et trobaràs sol, no et trobaràs ni a tu mateix, et trobaràs clus i sofriràs profundament la solitud: el fin amors és l'amor que no demana penyores.

—Sóc Cercamón, fill de pastors a la Seu d'Urgell —digué el donzell amb fer orgull—. ¿És una nissaga prou neta per fer de mi un trobador?

Bernat considerà els seus ulls verds, flamejants de desig i insolència, els cabells llisos, daurats, la pell fina i polida, arquejant els llavis estrets, el nas pronunciat quasi aquilí i els pòmuls sortits que li donaven un caire de resolució, ironia i audàcia.

—Pot ser suficient, donzell, si vols seguir-me: vaig de camí cap a la cort de N'Hug de Mataplana, darrera el Cadí, on cantaré els versos que he compost durant l'hivern a la meva escola del Poitieu, vora els ducs d'Aquitània i la gentil Eleonora. Allí ensenyo el meu art, componc noves trobes i passo l'hivern a les Corts d'amor conversant amb les més gentils dames. A l'arribada del temps clar, surto de casa a vagar de castell en castell, cantant com els aucells l'alegria de la primavera. Pots venir amb mi: si tens talent, jo mateix podré ensenyar-te.

Cercamón era fill de pastors i, com ells, amava la transhumància. Seguint la ruta immemorial que unia el Pirineu amb els pasturatges d'hivern, havia conegut Arles, on els seus avantpassats portaven els millors xais al rei Joan, que va donar la lira de set cordes als seus avis. Havia baixat a Almacelles, a la plana de Lleida, on conegué la cort dels àrabs, i la Girona de les esglésies rodones, on vivien els jueus instruïts i savis en les lleis, la música i la matemàtica.

Ell era donat a divagacions com molts pastors que, tenint temps per somniar, han produït l'astronomia, la música, les matemàtiques i la poesia. Diuen que dels agricultors ens vénen les eines i les lleis: com el fum de Caïm i Abel, els mons dels pastors i pagesos se separen en direccions oposades, restant la fixesa dels masos, els graners, la previsió i la disciplina per a la gent seriosa i treballadora que són els agricultors, mentre que el nomadisme i la fantasia del trobador són més properes al pastor.

Aquell hivern, Cercamón havia seguit amb el seu pare i germans els grans ramats que baixaven cap a Tarbes i més enllà, cap dins de l'Aquitània; l'immens ramat tramuntava les serralades, seguint la carena del Puymorens abans d'abatre's sobre la plana en llarga baixada. Cercamón els vigilava a la carena del port: passaren centenars d'ovelles i xais; conegué el final de la ramada pels dos bocs sanats que portaven penjats a les banyes dos corns buits tapats amb puntes de plata i contenint oli d'avet i trementina per guarir les ferides del bestiar durant la llarga travessada. Fou aleshores, coronat el pas, que Cercamón tingué l'inesperat encontre que canviaria el seu destí, fent-lo tornar enrera cap a la cort de Mataplana.

Bernat, el seu joglar i Cercamón passaren els lloms robustos i arquejats de la serralada del Cadí amb la desolada grisor de la llosa plana i les petites herbes que quasi ni s'aixequen de terra; les canals amb tarteres, la font del Cristall, el pic de la Baridana. Aquell indret no tenia secrets per a Cercamón que l'havia fressat de vailet, quan duia a pasturar els ramats dels seus pares. Abans de traspassar la vessant, trobaren la dona de Josa de Cadí que anava travessant el Pirineu fins al Port de la Selva, per vendre els olis d'avet que tan estimats resultaven a l'hora d'estroncar les ferides. Amb unes petites i delicades romanes, els mesurà una porció d'oli que Bernat guardà amb mirament al seu equipatge. Seguiren junts el camí, gaudint de la conversa de l'animosa rodamón.

—Heu vist la mar, senyors? Quantes vessanes!

I els explicà la vegada que, amb el profit d'un viatge, s'embarcà a Llansà amb un mariner bru i sorrut cap a Legorn per anar a veure Roma.

—Ara el tinc a casa i m'espera, i s'ha tornat com un nen petit. Que se'n fa, de via, per mar, amb la vela punxeguda i les cançons i els braços torrats dels mariners!

La vella parlava amb sornegueria, com si cada afirmació seva fos una pregunta; a cada frase feia una pausa per donar-li força amb els ulls, apretava els llavis i tirava el cap enrera. La seva pell dura i rugosa era coberta de pèls a la cara, però els ulls eren tan joves i clars com quan albiraren la mar.

Aviat arribaren a les terres antigues i sagrades de Montgrony, l'antic santuari sobre el qual hi ha el castell de Mataplana, a la carena fonamental on les aigües del Ter i el Llobregat se separen: lloc especial i únic, cap i casal de la fesomia geogràfica de les valls i planes que del Pirineu arrenquen. Allà, al cim de la carena, el castell de N'Hug, com niu d'àligues, vigilava els dos mons: del Ter cap a Ripoll i les planes de Girona, i del Llobregat cap al Berguedà i la plana barcelonina.

La cort de Mataplana lluïa com el sol entre muntanyes quan lleva les boires de la matinada. Cercamón i Bernat entraren en una cambra de sostre de volta, il·luminada per finestrals corbats mig tapats amb tapissos, el terra cobert de catifes alarbs, uns escambells baixos entorn de la taula on hi havia, interrompuda la partida, un tauler d'escacs. Els músics, des d'una alcova propera sonaven aires ràpids amb tamborí, tímpans i flabiols, canviant després a reposades melodies malenconioses amb arpa, llaüt i flauta.

Tots vestien aleshores les vestes àrabs, teixides a Còrdova d'on els comerciants havien portat nombroses estofes luxoses i brillants, brocats treballats i sedes recamades, velluts incrustats de pedreries, sendals delicats, sandàlies punxegudes, collars i cintures. Els arcons replens de robes proveïen la cort d'en Mataplana com un privilegiat jardí florit enmig de la feréstega muntanya habitada per humils pastors i pagesos de collita escassa.

Era l'estació en què l'estiu renaixia, el temps era dolç i plàcid, frondós el brancatge, les fulles verdes, i plenes de perfum les flors. El senyor N'Hug de Mataplana romania tranquil·lament en el seu castell, i com que hi tenia molts i molt distingits hostes, s'ocupava a fer els honors de la casa. Quan Bernat i Cercamón entraren, uns jugaven als daus; altres, reclinats en coixins i catifes verdes, vermelles, blaves, i color d'indi, als escacs, mentre altres passejaven per cambres o galeries porticades gaudint tots de l'agradable hospitalitat amb goig, alegria i ostentació. Hi havia també galants i formoses dames delectant-se en converses corteses dirigides per la mestressa, la gentil Na Guillermina de Sales.

Bernat fou molt content de trobar allí el seu bon amic i rival trobador, en Ramon Vidal de Besalú, i tot just s'havien abraçat i començaven a contar-se els seus viatges, quan entrà un jove joglar, airós, eixerit i ben vestit, amb fins modals i de no poca intel·ligència. S'atansà al senyor N'Hug i li cantà moltes formoses cançons. Tothom en quedà complagut i tornà tot seguit als seus esbargiments i esplais. Quan el petit joglar restà sol amb N'Hug, s'expressà així, amb semblant jovial i com escau als de la seva condició:

—Senyor de N'Hug, tingueu a bé sentir les noves que us porto. La vostra gran reputació s'ha estès de tal manera pel nostre país que a vós m'envien dues dames, les quals, en oferir-vos per sempre ses bones gràcies, us preguen de decidir una qüestió sorgida entre elles. Vaig, doncs, a exposar-vos el fet i el cas, paraula per paraula, i amb senzillesa dir-vos la classe de judici que demanen, callant només els seus noms, perquè ningú no les descobreixi.

El joglar baixà la veu i els presents no sentiren el nus de la història que Hug era requerit a jutjar. En acabar de parlar-li a cau d'orella, esperà el judici de N'Hug de Mataplana. Però N'Hug, que mai no volia caure en falta ni fer caure ningú en error, restà un moment pensarós, no per manca de raons, sinó perquè és propi d'aitals senyors guardar actitud tranquil·la i reposada. Així, doncs, després d'un instant de meditació, s'expressà d'eixa manera:

—Encara que tinc confiança en les teves raons, em dol no veure eixes dames que, certament, em semblen molt discretes; tanmateix, compliré com és degut i com correspon al concepte que tenen format de mi. Vós romandreu ací aquesta nit i jo demà de bon matí meditaré i prendré partit, amb la qual cosa us acomiadaré prestament.

L'endemà de bon matí, després d'oir missa i quan el sol ja era clar, monsenyor Hug, volent ésser puntual, passà en un formós prat, tal com l'ofereix la natura quan s'atansa joiosa i bella la Pasqua. No hi havia lloc més plàcid i ell no volgué altre seient que l'herba verda, ni restà amb ell pare ni fill ni altres testimonis, sinó el joglaret, Ramon Vidal, Bernat i Cercamón asseguts en presència seva. El temps era clar i alegre, l'aire temperat i el cel blau i serè. I el senyor N'Hug, com a noble i cortès, quan li abellí de parlar, digué al joglaret:

—Amic meu, vós heu vingut a mi perquè us n'han fet l'encàrrec, però jo em veig torbat d'haver de pronunciar sentència i els judicis no acostumen a agradar tothom. Tanmateix, puix que tal manera d'ensenyança ha pres validesa entre les persones de mèrit, donaré el meu parer sobre el cas que m'heu exposat. Em vàreu dir que un noble, franc i perfecte cavaller, volent distingir-se, amà una distingida dama que acceptà els seus serveis en consideració al mèrit que reconegué en ell, però que l'amant, en demanar la recompensa de tot el que havia fet, va rebre desdenys poc cortesos. Afegíreu que, favorit d'una damisel·la, no volgué més tard cedir a les instàncies que li féu la dama per retornar als seus primitius amors, per la qual cosa aquesta el tractà de pèrfid i falsari i acusà de la més negra ingratitud la nova amiga, per haver-li robat el seu amant.

»És possible que molts condemnin la prova indiscreta que la primera dama volgué fer amb el seu amant, dient que va portar les coses massa lluny. Tingué efectivament un xic de culpa, però el mal no és irreparable. Condemno, doncs, el cavaller a perdonar sincerament la dama que l'ofengué, puix que ella se'n penedeix i vol donar-li satisfacció, tant més acceptable perquè no ha amat un altre després d'ell. Pel que fa a la damisel·la que tan honestament l'afavorí, la seva conducta en aquelles circumstàncies fou lloable, però es faria culpable si continués, puix és gran crim en una dama robar l'amant d'una altra. Li prego, doncs, li aconsello i li ordeno que deixi en plena llibertat el cavaller, llevant-li els compromisos adquirits, i si ell es mostra indecís a retornar als seus primers amors, ella deu-lo acomiadar irremissiblement, puix amb això demostraria ell que no val res en amor. En cas que la damisel·la fes el contrari, em donaria molt pobra opinió d'ella, entestant-se que el seu amic faltés de tan indigna manera a una dama que vol donar-li satisfacció i reparar els seus agravis.

Així parlà N'Hug i s'acomiadà del donzell. Bernat, Vidal i Cercamón s'atansaren per lloar la discreta i sòbria decisió del senyor de Mataplana. Bernat aprofità per recomanar-li el jove Cercamón. N'Hug arquejà les seves celles negres anguloses i els seus ulls grans mig aigualits mesuraren la silueta i el caire un xic sorneguer de Cercamón; Hug era alt, de gest reposat i veu vellutada, agradable i fonda, com tot el seu aire.

—Jove Cercamón, el camí del trobar no és fet per a tothom. Pots romandre joglar, cantar belles cançons fetes per altres, però si de debò vols assolir la paraula del trobador, hauràs de cercar i patir, trobar-te perdut i tancat, sol, desconhortat, fins que a dintre teu es faci una claror que a poc a poc crema, purificant el cos: és el fin amors, l'amor que no demana penyores. L'amor, segons he trobat pertot i en mi mateix, no és altra cosa que un ferm voler cortès en homes lleials, i no hi ha ver amic sens ben amar. El camí és dolorós, pensa-t'ho bé, jove pastor: de trobadors de veritat, no n'hi ha gaires.

—Bernat de Ventadorn —digué el jove— m'ha mostrat les dificultats de l'empresa: de molt petit m'he sentit diferent i separat dels altres. Aquest camí és dificultós i no m'agrada, però no puc escollir, sento que és per a mi.

—Sia, doncs, animós Cercamón, Ramon Vidal t'ensenyarà el ritme, la rima i l'art de versificar. Bernat t'instruirà en les més formoses imatges. Tens al teu costat, per gràcia del destí, dos mestres insuperables. Aprofita l'estada en aquest castell i aprèn d'ells tot el que vulguin i puguin mostrar-te. Considera'm un amic i disposa tot el temps que vulguis de la meva casa: ets benvingut per amor de la poesia.

Ramon Vidal tornà a Besalú al cap d'unes setmanes i Bernat decidí caminar cap al nord per arribar al seu estatge d'hivern. Prengué amb ell Cercamón i decidí de presentar-lo a la cort d'Esclarmonda de Foix, mestressa de trobadors i llum de l'Occitània.

Caminant cap al nord sobre els lloms de la serra del Cadí, els núvols, com boires baixes, es desfeien amb l'empenta del sol creixent; de cop s'obriren revelant carenes amples i verdes, cobertes d'herba arrapada a la terra. Se sentien esquelles de cavalls pasturant entre quers grisos, cementiri d'arbres petrificats. Cercamón es va deturar i, en el silenci dels cascos del cavall, la quietud de l'aire, i el misteri de la boira, va sentir el silenci de les altures, silenci carregat, intens, fort, emanant de la pròpia immensa quantitat del roc massís de la muntanya, repòs viu, present, sempre emanant força sense altra intenció que la serenor, la imparcialitat disponible i desinteressada d'energia que pujava vers el cor pur de Cercamón, aucell enaiguat de força, bevent l'aura pètria dels Pirineus.

Pel coll de la Baridana, verd i arrodonit, creuaven en aquell moment ramats de xais i els cavalls lliures, aturats, pasturaven quiets, agrupats. Al lluny, les carenes de les muntanyes es perdien en llums sedassades per boires esfilegades i cels de núvols esborrats. La força de la verdor immediata al coll, com una catifa de vellut, atreia els ulls de manera irresistible.

XI. Arnau de Castellbò

Passaren el Prat d'Aguiló i Cercamón, que coneixia pam a pam el Cadí, els portà a la font del Cristall per tal de reposar. Entraren a la cova, baixant les pedres blanques i grises; no s'adonaren de l'aigua fins que l'hagueren trepitjada, tan clara és la font. Reposats de la pujada, davallaren pel pas dels Cabirols vers el Quer Foradat i la Seu, passant el pont de Bar, bastit pel gran bisbe Ermengol que hi trobà la mort, tal com Cercamón havia sentit dir per tradició.

No restaren a la Seu, ans anaren cap a Castellbò on el trobador Bernat tenia un ferm protector en el vescomte Arnau de Castellbò, sogre del comte de Foix. Pujaren la vall lateral que s'aparta del Segre i seguint el riuet un parell d'hores, arribaren al Conflent on la vall s'escindeix en dues: en el turó elevat del vèrtex, vigilat per dues torres de ballesters, ara esdevingudes colomers de colomes albes, s'alça el castell Bo, tot envoltat per les cases del poble.

Arnau estava departint amb Gilabert de Castres que li portava notícies de la reunió a Sant Fèlix de Carama dels dignataris càtars per afrontar l'actitud dels monjos i bisbes cristians.

—El món pren un caire perillós —comentava ombrívol el vescomte—, l'obra de civilització començada per Oliba, Ermessenda, els comtes i els frares al Pirineu, vosaltres, els bonshomes i els trobadors l'heu difosa per les planes i l'heu introduïda als castells, convertint els nius d'àligues en corts d'amor. La religió dels bonshomes es correspon amb el tarannà dels trobadors i amb el sistema polític de municipalitats lliures.

Cercamón, admès amb Bernat a la presència del vescomte, escoltava esbalaït i quasi espantat eixes paraules que, sense saber ben bé perquè, li semblaven profètiques. Arnau de Castellbò continuà:

—La història es repeteix, Gilabert; en els temps de Carlemany un bisbe de la Seu, Fèlix, volgué independitzar el Pirineu del vassallatge franc. Féu causa comuna amb Elipand de Toledo i promulgà una teoria sobre Jesucrist com a fill adoptiu de Déu, la qual hauria permès una entesa amb l'islam i la confluència de les dues religions a la península en una esplèndida cultura mossàrab. Carlemany i el papa que el coronà emperador s'oposaren a la nostra llibertat.

—I quina és la similitud d'això que exposeu amb els temps nostres? —inquirí Gilabert amb inquietud.

—Una vegada més el perill ve dels francs i del papa. Els guerrers del nord i Roma s'alien per destruir el país lliure que nosaltres volem mantenir a ambdues bandes del Pirineu. El rei Anfós el Cast, Déu l'hagi perdonat, assolí un reialme on els vassalls arribaven de Niça a Tortosa i del Mediterrani a l'Atlàntic. Un país del Pirineu, amb la muntanya per cor, les planes per espatlles i, fent de braços, els grans rius Roine i Ebre.

»Això no ho volen ni el franc ni el papa, i no ho volen perquè som un món diferent. A l'Occitània existeix una llibertat política que permet comunes amb consellers escollits pel poble i milícies populars per a mantenir eixa llibertat. Hi ha una llibertat de costums, més refinats i oberts, estesa pels trobadors des de les corts d'amor de les castellanes; hi ha un moviment religiós, que és el vostre, tornant a la germanor i veracitat dels primers cristians. A més a més, som un país ric i de vida agradable. Hem assolit de preservar els nostres dominis del bàrbar feudalisme del nord i de les mans limitatives de l'Església de Roma, i això ells no ens ho perdonen: els dies de pau són comptats, aquests cent anys que hem viscut després de germinar l'obra d'Oliba i els nostres il·lustres avantpassats, són a tocar la fi. Tinc por, Gilabert.

Gilabert era un home alt, robust, ros, amb ulls blaus clars i assossegats, de paraules mesurades, mans grans i treballades per l'eina. Parlava amb reposada seguretat i un accent, carregant les os, que a Cercamón li era desconegut.

—Els qui no estan preparats per a la llibertat tot just nascuda, tenen por; veuen els lliures com a éssers malvats que posen en qüestió els seus costums. La reacció de la por és imprevisible, però la més segura és l'embat brutal per tal de destrossar allò que molesta. Quan Oliba morí havent assegurat la pau i treva, i Ermessenda aprofità les succesives proclamacions per fomentar la formació de les Corts i la redacció dels Usatges, aquest país esdevingué floreixent i lliure. Les dames refinaren els costums amb la invenció de l'amor i nosaltres, els bonshomes, purificàrem la religió amb la introducció del catarisme. Entre tots hem fet l'esplendor que és ara el país del Rei Anfós i del seu fill En Pere. Jo també tinc por, Arnau, que això sigui massa cobejable. Que Déu ens guardi; el demiürg que creà el món, és amb ells.

Cercamón, esgarrifat, mirà Bernat com demanant-li ajuda. Bernat féu un gest de resignació, el seu visatge sever, serè sota l'espessa cabellera fosca, el seu nas fi i recte, tot reflectia preocupació, però també coratge. Parlà amb veu profunda i vellutada de bon recitador:

—Vescomte Arnau, anem de pas vers la cort de Foix, on la vostra néta Esclarmonda manté tribunal d'amor. Estic educant el jove Cercamón en les arts de la joglaria i també del trobar clus. Esperem que sigui també allí la vostra filla Ermessenda de Castellbò, la comtessa.

—Si aquest jove és eixerit, i així m'ho sembla, la mà d'Esclarmonda el portarà lluny en l'art de la cortesia; presenteu-lo també al meu nét Roger perquè faci d'ell un home d'armes. Ja heu sentit la nostra conversa, no és vana: s'atansen temps, que potser jo no veuré, en què necessitarem la cançó i l'espasa.

Els coloms blancs emplenaven l'angosta vall amb les seves volades quan Cercamón i Bernat partiren riu amunt.

XII. La Cort d'Amor: Esclarmonda a Foix

El castell d'Esclarmonda s'alçava sobre un penya-segat enmig d'una vall oberta i remorosa, alegrada per dos rius, sobre el mesclant d'aigües dels quals s'enlairava l'espadat coronat de torres, merlets i oriflames; Bernat i Cercamón travessaven el poblet que entre els dos rius rodejava el castell: era un poble dels Pirineus, d'aquells que a l'hivern es tanquen i es veuen obligats a ésser autosuficients per tal de passar els mesos de neus sense sortir d'ells mateixos; les fusteries a la vora del riu, les fargues, els guarnicioners, els pellaires amb olor de guineu, els sastres, els teixidors, constituïen un petit món on cadascun d'ells encaixava amb els altres. Passaren el carrer major sota els porxos feixucs, sopluig del passeig dominical i del mercat, quan el temps s'embrancava en les pluges de la tardor i les neus de la Candelera.

Creuaren la barbacana i al cap de poca estona el pont llevadís, després entraren al pati d'armes, on el senescal vingué a rebre'ls amable. Desitjaven veure Esclarmonda tot seguit i ella no els féu esperar. Bernat preparà Cercamón amb aquestes paraules de poeta:

—Esclarmonda és, com el seu nom anticipa, un ésser lluminós: de figura petita però no minsa, és tan ben formada que sembla gran; una lluentor surt dels seus ulls com gotes de mel brillants, i amb el llarg cabell quasi ros, el somriure generós i digne, té un deix d'infantesa a les comissures dels ulls quan acluca un xic les parpelles per obrir-los després més grans i lluminosos, com papallones daurades. El seu cor correspon als seus ulls, finestrals de l'ànima.

Quan aparegué la figura d'Esclarmonda, Cercamón restà embadalit, com si veiés una resplendor, augmentada segurament pel color daurat de la túnica tornassolada i la cenyida cintura d'or. Bernat, més familiaritzat, presentà els respectes d'ambdós.

Els conduí escales amunt al jardí penjant sobre les muralles; uns arcs fins, de mitja ferradura, es recolzaven en columnes d'un gruix subtil com el coll de dama. L'ull artístic de Bernat notà el punt de l'arc angulós que li recordava el claustre de Roda. Els arcs delimitaven un rectangle deliciós, amb flors, brolladors, i estanys geomètrics d'aigua. El rosa, el blau i l'or acolorien les arcades, s'enlairaven per les cúpules, envoltaven les colonades. El món gris, granític i humit, fred i aspre, quedava fora, anul·lat per aquest jardí que enlluernà Bernat i Cercamón, com si haguessin traspassat, en sortir-hi, el llindar silenciós del somni.

Entraren dames i cavallers, que els criats acomodaren en el racó ombrejat del jardí sota el gessamí, entre els nards, al costat dels xiprers vora l'aigua. Va fer un senyal als dos homes i s'assegueren. Un cavaller s'avançà vers Esclarmonda.

—El meu plant —digué— és d'una dama que m'amava i ara es casa amb un home honorable: vol deslligar-se de l'amor meu i em nega absolutament les seves bondats habituals.

—L'escaïment del llaç marital no exclou el dret de l'amor primer, a menys que la dama deixi completament d'ocupar-se de fin amor i decideixi de mai més no amar ningú.

Esclarmonda va decidir aquest jutjament amb veu lleu i un punt irònica, pronunciant amb seguretat la sentència, mentre observava Cercamón que estava bocabadat escoltant el que deia com si fos llenguatge dels àngels; Bernat mirava les dames, en comptes d'escoltar els mots.

Un altre cavaller s'avançà:

—Jo gaudia les tendreses d'una amiga excel·lent. Li demaní permís per a vincular-me a una altra dama amb llaços d'amor. Atorgada l'autorització, vaig marxar i romandre fora més temps del que era costum. Passat un mes, encara enamorat, vaig tornar a la primera, dient que no m'havia pres cap llibertat amb l'altra dama, i que només havia volgut sotmetre a prova la constància del seu amor. Però la meva amiga em rebutjà com a indigne del seu amor, dient que la llibertat demanada i obtinguda justifica privació d'amor.

Esclarmonda es girà vers Ermengarda de Narbona, donant-li la paraula i la decisió:

—Sabut és —digué Ermengarda— que en amor sovint els amants fan veure que desitgen nous amors per posar a prova la fidelitat i constància de l'amiga. Ofèn, per tant, la naturalesa de l'amor aquella que per aquest motiu interromp les carícies habituals del seu amic o es nega a amar-lo, si no té prova evident que la fe promesa ha estat violada.

Finalment fou una mateixa dama del tribunal la qui va presentar a la Cort d'Amor una qüestió, segons va dir, molt debatuda i que calia posar en clar d'una vegada per totes: «Quan és més fort sentiment d'amor: entre amants o entre esposos?» Ermengarda respongué molt filosòfica:

—L'afecte entre marit i muller i el vertader amor entre amants es mostren de natura totalment oposada i tenen el seu origen en moviments del tot diferents. Tanmateix la pròpia existència dels dos termes exclou la possibilitat de comparació i els presenta sota formes oposades. No es pot comparar en més o en menys dues coses preses en doble sentit: tal comparació no seria escaient si el nom és més simple que la cosa, o la proposició més complexa que la forma d'expressió.

Tothom esclatà en rialles en veure el somriure que Ermengarda insinuà en finir el seu abstrús discurs:

—¿No és així com parlaria Hug de Sant Víctor, si li fessin tal pregunta i apliqués la dialèctica aristotèlica?

—Jo no sé —digué Esclarmonda— si eixa dialèctica és perquè els tòtils se sentin intel·ligents, utilitzant un mètode sil·logístic en comptes del seu criteri; però pel que fa a la qüestió proposada, crec que l'amor no pot estendre els seus drets entre esposos: el amants s'atorguen mútuament tot i sense que els forci cap obligació; els esposos, en canvi, estan obligats per deure a sofrir recíprocament les seves voluntats i a no negar-se mai res l'un a l'altre. A més, si els esposos s'atorguen carícies a la manera dels amants, no podran per això valer més per a l'altre, ja que posseeixen allò que per dret posseïen abans. Però hi ha una altra raó encara: un precepte del rei d'amor ensenya que cap esposa no podrà obtenir recompensa del rei de l'amor si no serveix, fora dels llaços matrimonials, en la cavalleria d'amor. A ningú no es pot impedir que sigui estimat per dues persones; és doncs just afirmar que l'amor mai no pot estendre els seus drets entre esposos. Encara una altra raó: entre esposos no poden haver-hi gelosies vertaderes, sense les quals no pot haver-hi amants de veritat, com indica la regla d'amor: «Qui no és gelós, no pot estimar.»

Aclaparat per la precisió d'eixes paraules, Cercamón sentí interiorment que un amor de lonh se li apropava perillosament. Alçant-se impetuosament enmig de l'assemblea, es dirigí al tribunal de dames que constituïen la Cort d'Amor aquell dia memorable per a ell, a Foix.

—Digueu-me, si us plau, què és l'amor i quines les lleis per assolir-lo i preservar-lo.

Adalaida d'Avinyó, moguda per la vehemència i la bona fe del jove cercador, el prengué per la mà i acompanyant-lo per davant de les dames, demanà amb els ulls a cada una que contestés l'extensa pregunta del jove.

—Qui no sap callar, no sap estimar —digué Estefania de Baux.

—Ningú no pot tenir dos amors vertaders al mateix temps —explicà Matilde de Hieres.

—Els plaers i els dons d'amor han d'ésser voluntaris —digué Ermengarda de Narbona.

—Mai no s'allotja amor a casa de l'avarícia —digué Rosenda de Pierrefeu.

—L'amor no pot romandre aturat: s'engrandeix o minva —va afegir Esclarmonda.

—La felicitat de posseir mata l'amor: els obstacles l'augmenten —digué Laura de Sade.

—Quan l'amor minva, ja no existeix —conclogué Adalaida, deixant l'astorat Cercamón al seu escambell.

El jove anà ponderant les definicions de les dames i no escoltà ja l'última qüestió que Bernat de Ventadorn mateix posà a l'exquisita assemblea:

—Si un cavaller envia a la dama dels seus pensaments un present de joies, gales, robes, falcons o gossos de caça i ella ho pren sense donar res, correspon la dama a allò prescrit en les lleis d'amor?

La Cort donà un sever judici:

—Cal rebutjar els dons d'amor o concedir quelcom a canvi. Cap dama, a menys de voler-se confondre amb les cortesanes de cinturó daurat, no pot acceptar presents d'afecte sense tornar-los en penyora d'amor.

I amb això les gentils dames aixecaren l'assemblea i cadascú se n'anà a passejar pel jardí, les galeries, els merlets i les espaioses cambres. Cercamón restà en el seu seient, embadalit, ponderant les paraules que bategaven dins del seu cor tot creant-hi emocions desconegudes, fortes, incontrolables. Volia tornar a veure Esclarmonda, però no gosà atansar-s'hi i restà quiet amb un pols violent que li trencava les temples.

XIII. Els perfectes

Bernat i Cercamón estaven en el pont sobre el riu comentant tot el que havien vist i sentit en el castell, quan s'aproparen dos homes que venien de lluny, caminant. La seva vestimenta no era de cavallers, ni el seu posat de vilatans, les mans no eren de pagesos, però tampoc de guerrers. Com que no duien llaüt, no podien ser tampoc trobadors. Un crit els va treure de dubtes: eren perfectes, nom donat als capellans càtars.

Entre la gent del poble va córrer la veu que havien arribat els perfectes i aviat es reuní una assemblea a la plaça per escoltar els dos misteriosos personatges.

—El món és el reialme del temps i, per tant, del mal. Un pervers demiürg ha fet la creació de la matèria on l'esperit ha anat a caure, no per un seu pecat original, sinó per voluntat d'aquest demiürg malvat que la Bíblia anomena Jahveh i els cristians veneren com a Déu. El Déu vertader està fora del temps i d'aquesta creació dissortada, en lluita amb Jahveh des que el temps va tenir principi.

»La nostra ànima caiguda en el temps sucumbeix a la temptació d'existir i s'abandona a la bellesa del món. Però us dic que d'ací pot sortir-se'n, elevant-se, a través de les nombroses vides en què l'ànima es va reencarnant, cap al seu origen diví, fora del temps, més enllà de la matèria.

Cercamón, encara posseït per les emocions amoroses fecundades per Esclarmonda, escoltà amb desdeny creixent les paraules del Perfecte, i aquest desdeny es tornà irritació quan el càtar incità tothom a menysprear les coses del món: sense poder-se contenir, increpà el perfecte:

—¿I l'amor de l'ésser humà per un altre, escollit lliurement, i el goig del fin amors que transcendeix cor i cos, traient de l'home el millor d'ell mateix?

»Molt arriscat em sembla que això s'abandoni en favor d'un reialme fora del temps, que ningú no ha vist. Millor seria que el goig d'amor s'estengués per tota la terra i després podríem parlar del cel.

Bernat estirà el seu amic pel braç i el portà cap a un carreró que sortia de la plaça, allí li féu veure la compatibilitat de la doctrina del perfecte amb el fin amors que ell tot just acabava de descobrir a la Cort d'Esclarmonda.

—El fin amors, Cercamón, t'ha de portar, si el segueixes fins a l'últim terme, al reialme fora del temps, on comprendràs, extasiat en un silenci quiet i daurat, les paraules d'aquest home. Trobadors i perfectes no són més que els dos costats de la moneda que volen encunyar Esclarmonda i les altres dames que mantenen corts d'amor. Una cara és per als cavallers que tenen oci i poden amar; l'altra és per a la plana gent que necessiten una doctrina com de religió.

—¿Voleu dir, mestre Bernat, que les dames aplegades al castell tenen designis més enllà dels seus amadors?

—Les dones són un nivell, Cercamón; el nivell que

fa pujar o baixar l'home. On elles es posen, ha d'arribar-hi l'home si vol tenir-les; el desig de l'home per la dona pot ésser utilitzat per ella a fi de millorar el cavaller. Sempre ha estat així: elles són la llar i la terra, i amansen el guerrer destructor de suavitats. Segueix-les, Cercamón, elles són l'esperit de la vall.

—I per què dos camins? Penso que n'hi ha prou amb els trobadors; quina falta fan els perfectes?

—Pensa que per al fin amors cal temps i la serenitat que ve de la riquesa; el pobre i aclaparat pel fet de com guanyar-se el pa, no té la calma d'esperit per dedicar-se a la cortesia. Em dol, però és així, i per això Esclarmonda i els seus han protegit els perfectes per tal de reproduir la doctrina de l'amor cortès a un nivell adaptat als qui no poden fer ús de fin amors. I ara tornem a escoltar aquests bonshomes.

—Déu és bo —deia Pere Garsies, el perfecte que tenia la paraula—. En canvi en el món res no és bo. Això vol dir que Ell no ha fet res del que existeix ací. Quan penso en un Déu que ha creat mil ànimes per a salvar-ne una i condemnar les altres, si el tingués entre les meves mans, el trencaria i l'esgarraparia amb ungles i dents. La llei de Moisès és una ombra, l'autor de la Bíblia és mentider i assassí. Jesús no era fet de la nostra carn, Déu no baixà a vestir carn mortal en el ventre d'una verge. L'ànima passa d'un cos a un altre fins que se salva.

»Nosaltres som els vertaders cristians, el papa és el porc senglar de la selva: hi ha dues esglésies, la d'AMOR i la de ROMA. Gireu les paraules i veureu com una és el contrari de l'altra. Hi ha dues esglésies, una que fuig i perdona, l'altra que persegueix i crema. Trieu!

En desfer-se la munió que havia escoltat els perfectes, un noiet que conduïa un ramat d'oques creuà la petita plaça vora el pont. El blanc immaculat i el coll esvelt sortint del rotund plomatge adquiria, sobre el terra enllosat i brut de fems i palla, una estranya elegància que Cercamón no deixà de fer observar a Bernat.

—Així som els trobadors enmig d'aquest món de brutícia, amic Cercamón. Però et faig notar que els perfectes s'abillen amb llana i de negre.

XIV. Trobar clus

Molts dies restà Cercamón a la Cort d'Esclarmonda; passaren els mesos d'hivern i el jove aprenent d'amador rebé lliçons del seu protector Bernat i de la idolatrada Esclarmonda.

—L'art de l'amor és la fi de l'art de trobar. Primer és la tècnica del compondre, després l'exaltació del sentiment. Quan hagis progressat molt i creguis proper el moment, trobaràs l'abandó en la solitària selva de l'amor cast i misteriós. Serà l'inici dels secrets del trobar clus. Només si surts d'aquesta foscor retrobant el camí que duu a tu mateix, eixiràs al sol radiant del joi d'amor i assoliràs el fin amors. Aquest és el camí, ara comencem pel principi.

I Bernat de Ventadorn guià el jove Cercamón pels senders subtils de l'art de la troba. Assistia també a les lliçons el germà d'Esclarmonda, Roger, hereu del comtat de Foix. Jove, galant, gallard, de faccions perfectes, cabell ros, ulls blaus i pell daurada, fort sense ésser corpulent i amb una seguretat en el gest i una discrecció en la paraula que es guanyava les voluntats per la seva sola prestança.

—L'art de trobar és l'art dels «motz triatz», l'elecció depurada de les paraules; cal ser exigent per a escollir l'adjectiu exacte. Amb les paraules triades, construïreu versos de quatre a catorze síl·labes. Si feu servir els de quatre i vuit, doneu un moviment que accentuï les imparells; quan els feu de cinc, set, onze o catorze, accentueu especialment la quarta.

»Això no vol dir que no pugueu improvisar, sortint fora d'eixes regles, però sapigueu que l'eufonia dels mots, la cadència del vers, està sotmesa a eixes limitacions que podeu ignorar només si es tracta d'assolir, un efecte més complet.

Roger de Foix interrompé el mestre Bernat amb gran cortesia i li demanà que, a part de la tècnica, els assenyalés també les fonts d'inspiració, les maneres de despertar l'emoció per tal de començar a escriure, car, sense un moviment de l'ànima —conclogué l'hereu de Foix— no és possible compondre paraules.

—El trobador, tant com pugui, observarà un estil de vida propiciador de la poesia. Cal joi, que és gaudi i exaltació davant els misteris de la natura; solatz o esbargiment, per a serenar l'esperit i acollir cortesament la musa; paratge, que és noblesa de nissaga o de comportament, puix noble és tot allò que exigeix més de si mateix; pretz o liberalitat; mercès o generositat, jovent o frescor d'esperit i sobretot dreitura o rectitud, honestedat irreprotxable en la conducta.

»De tot això s'alimenta el trobador; vulgueu conrear al vostre cor eixes qualitats i la inspiració vindrà a retre's admirada, ella mateixa.

Cercamón volgué anar més enllà i demanà al mestre Bernat els últims graus de la inspiració, el secret del fin amors, la perfecció en la poesia; Bernat contingué l'anhel eixelebrat del jove i l'encomanà a Esclarmonda, de qui Cercamón estava abellit fins al moll dels ossos.

Esclarmonda el rebé en sa cambra; estava llegint un pergamí de música que reposava damunt d'un faristol col·locat en el buit de la finestra assolellada, que donava al Pirineu. Les neus s'anaven fonent, la llum de quaresma aclaria el temps i ja el dolç alenar del zèfir esbravava els furors del cel equinoccial; era el temps en què el cor batega amb ànsies de viatge. La jove néta d'Arnau de Castellbò havia heretat de sa mare Ermessenda els ulls zèfir transparents i la pell suau com rosa d'Alexandria; els cabells es tornaven or vell en contacte amb el sol resplendent del capvespre.

El seu bell esguard penetrà l'ànima de Cercamón i, després de mirar-lo en silenci llargament, sense mitjançar demanda ni paraula, respongué la pregunta que dels ulls del jove emanava informulable en paraules.

—Deixa'm ara que et digui el joi d'amor, la més intensa, profunda i sàvia experiència que pugui arribar-te. Nosaltres no fem l'amor per gaudir de la immediata descàrrega, sinó del seu fluir lent, contingut, quan sembla venir però no arriba: eixa tensió que lentament s'ageganta és l'inici de la nostra obra, que consisteix a utilitzar aquest instant per comunicar amb la natura i l'amada.

Cercamón no esperava que la comtessa li parlés tan clar, i a la vegada, fosc, perquè, de fet, ell no arribà a entendre la relació entre natura i amada. Així ho digué i Esclarmonda respongué:

—Nota que la terra és infinitament suau, ens envolta amb el seu mantell càlid de pesantor, que atrau suaument vers ella. ¿No sents que la terra és sensible i tendra, que, lluny de les mirades cobdicioses de l'home, s'obre nua, indefensa com una flor novella? La seva suavitat és com de dona, és el misteriós femení, l'esperit de la vall que no mor mai, i l'anima l'amor que mou els estels i fa bategar el cor dels homes. L'aimada és la terra; on la seva pell acaba, continua el cos immensurable del món, que tot ell és viu.

Mentre Esclarmonda parlava, Cercamón es fixà en el seu ull dret que li semblà ominós, antic, quiet, envellit per tots els sofriments i els plaers del món, un ull remot i misteriós, silenciós i savi que l'apamava com l'ull fix dels sauris. Mai més no oblidaria aquell ull.

Esclarmonda prosseguia:

—El joi d'amor és una ingravidesa del cor, un escruiximent a tots els humors del cos, com un flotar i fondre's pujant, contra gravetat, sense pesantor. Així és el joi de l'alosa que «mou ses ales contra el raig, que s'oblida i es deixa caure pel joi que al cor li va», com canta mestre Bernat.

—Què més voldria jo que assolir aquest estat; tanmateix el sento tan lluny de mi que no veig per on començar.

—El fin amor és la clau del joi de la natura. Si sents finament l'amor, penetraràs el ver món de la natura, l'estat de paradís on es comprèn el cant dels ocells, les veus i paraules de totes les coses, l'espai ple d'energia que s'anomena joi.

»En estar disponible, no voler res i gaudir del món com un nen que juga, s'assoleix l'estat en què el cos s'expandeix com una flor, per joi, per l'inexplicable plaer de sentir-se bé; és el joi d'amor dels trobadors.

Cercamón restà petrificat, corprès, no tant per les paraules com pel sentiment inefable que emanava Esclarmonda en parlar-li d'amor. Ella era un dels rars, escassíssims éssers, que irradiaven una emoció tot transfigurant l'espai al seu entorn en onades concèntriques com la pedra llançada a l'estany; i les ones d'Esclarmonda, llum i sentiment emocionat, envoltaven Cercamón en una sensació mai no provada, com la tèbia aigua maternal que l'envoltà en la foscor abans de néixer.

Cercamón sentí obscurament l'emoció que enterbolia un nou naixement dintre d'ell; havia captat per un instant una altra forma d'ésser, però li va escapar de seguida i el record d'aquell estat el perseguí llargament com el record d'un paradís perdut. Era un estat de disponibilitat, d'irradiació més que de percepció, d'obertura a tot i a tothom, a fi que tot es manifestés, s'obrís, es realitzés segons la llavor que portava dintre: la pedra en el seu somni cristal·lí, la planta moguda per la saba vers el sol, l'animal amb els seus humors vagarosos, l'home impulsat per l'indesxifrable destí que és u amb el caràcter.

Passà l'instant màgic de comprensió completa i restà només el record d'unes paraules, però ja no encenien aquella llum al cor que, fugitiva, tornà a Esclarmonda, posseïdora d'ella en tot moment.

—Però, dama —digué amb gran esforç Cercamón—, com podré retenir aquest moment, com he de conservar l'estat inassolible que vós sembleu tenir en tot moment?

—Per dolor i solitud en l'ànima, Cercamón.

I amb eixes definitives paraules la comtessa li allargà la mà i li donà com a penyora d'afecte l'anell amb el camafeu d'Arnau Mir de Tost que Oliba havia llegat a la seva àvia.

—Quan passi tot el que t'ha de passar, tu me'l tornaràs, Cercamón, i enterrarem la nostra mare.

En quedar sola, Esclarmonda va sortir al mirador, cercà la llum de ponent i albirà llarga estona l'ombra dels xiprers als horts, dels merlets a les torres, i les arcades del pont sobre l'aigua sorollosa; el seu tarannà melangiós la portà a recollir-se en cambra i demanar als músics una melodia suau i consirosa. El rabab de veu quasi humana desgranà sons que pujaven en espiral com el fum quan flota vagarós sobre l'encenser quiet; música sense línia ni ritme, on el temps queda parat, embolcallat en els silencis i en l'espiral de la mateixa melodia que no desemboca ni vol anar enlloc, només girar i surar suaument com una difusa boira de so, que allarga el moment i es desfà en la llum del silenci, esdevingut més intens per l'atur del cant. Tan sols dos instruments, esflorant amb els arcs les temperades cordes delicades de budells de gat, sobre caixes de fusta ressonant mig coberta amb pergamí, crearen un ambient de replegament i nostàlgia que apaivagà el cor d'Esclarmonda amb mans suaus d'aire i ulls fets calms pel so. Rabab i Kaman sonaven llarga estona mantenint un diàleg d'harmonia i consol.

A l'hora baixa sortí al jardí clus en el pati voltat d'arcades davant de la seva cambra, on la font brollava enmig de flors i estàtues; demanà el qanun i la urgana per sentir la música de l'ocàs, melodia d'enyor com una jove verge que mira endarrera amb alegria i tristesa. En fer-se el silenci i posar-se el sol, s'escoltà el murmuri d'aigua clara escolant-se dels brolladors sobre els marbres de la font: només se sentia la font.

XV. L'amor de Lonh

Cercamón entrà en un sofriment obscur, indefinible: ell sentia amor per N'Esclarmonda, però no trobava el mitjà d'expressar-lo. No era tan sols el fet de ser un pastor aprenent de trobador davant d'una gran dama; això no fou obstacle en les lleis d'amor d'aquells temps inspirats i magnànims; era més aviat que el seu impuls d'amor el portava envers ella, a veure-la, a estar, a parlar, a besar-la, a fer assaig amb ella, però a la vegada sentia dintre seu que l'amor que ella li demanava era diferent d'això, encara que no ho excloïa. Era un amor que havia de sortir en ell i d'ell, sense cap penyora externa, un amor que no demanés senyals, només el seu estat d'ànima.

El sol es cobrí per a Cercamón: com més bo feia, més tristor el penetrava; desitjava la pluja i el vent fred per calmar el seu cor fred i gris, ple de tristor i foscúria. La llum d'aquella espurna encesa per Esclarmonda havia desaparegut, però ell la coneixia, n'havia tastat el fruit i la memòria l'acuitava. El seu desconhort arribà a tal punt que menjava poc i gairebé no dormia. Bernat comprengué l'estat del seu protegit, però no féu res per alleujar-lo, l'abandonà sol en els secrets dels trobar clus, de l'infern interior solitari, fosc i amb portes tancades. Només Cercamón tenia la clau per obrir-se a si mateix i ell sol havia de trobar-la.

Un dia el portà a passejar amb ell i li féu saber la història de Jofre Rudel, príncep de Blaia.

—Jofre Rudel de Blaia fou molt gentil home, príncep de Blaia, i s'enamorà de la comtessa de Trípoli sense veure-la, pel gran bé i per la gran cortesia que ell sentí dir d'ella als pelegrins que venien d'Antioquia, i féu per a ella mant bon vers, amb bons sons, amb pobres mots. I per voluntat de veure-la, es féu creuat i s'embarcà per anar a veure-la. Llavors en la nau el prengué molt gran malaltia, així que aquells que eren amb ell, temeren que es morís en la nau; però van fer tant, que el van conduir a Trípoli en una llitera, com per mort. I ho varen fer saber a la comtessa, i vingué a ell, al seu llit i el prengué entre els seus braços. I ell sabé que ella era la comtessa i recobrà la vista, l'oïda i el flairar, i alabà Déu i el remercià per haver-li sostingut la vida fins haver-la vista. I així ell morí entre els braços de la comtessa; i ella lo féu honradament sepultar en la casa del temple de Trípoli. I després, en aquell mateix dia, ella es féu monja, per la dolor que ella tingué d'ell i de la seva mort.

»Això, estimat Cercamón, és l'amor de lonh que el príncep de Blaia cantà en un vers perfecte que tu has d'aprendre i conèixer de cor. Diu així:

Quan els dies són llargs pel maig,
m'abelleix sentir de lluny
el cant dolç dels ocells,
i quan sóc partit d'ells,
em recordo d'un amor de lluny;
vaig de talans pensatiu i trist
i ni cants ni flors d'alberpí
no em plauen més que l'hivern glaçat.

Bernat parlava amb el repòs i seguretat que mai l'abandonaven. Els seus ulls bons eren d'una aquosa afabilitat, però el cap massís i quadrat advertia la força del cavaller determinat. Portat per l'encís de la seva pròpia paraula i per la poesia del príncep de Blaia, prosseguí la seva lliçó:

—L'amor de lluny, Cercamón, és un estat de trobar clus. Tu hi ets ara, no per distància de la teva amada, sinó perquè lluny dins el teu cor està amagada l'emoció que cerques, la que et donarà la clau i la força per sortir de l'infern obscur on el desig imprecís d'amor t'ha clos els ulls i la força de viure. Ni jo ni ningú no podem fer gaire per tu, Cercamón, ets tu qui te n'has de sortir; jo no sabria què dir-te; va ésser diferent, però vaig patir immensament, com tu ara. El temps és dolor, això és ben cert, però el màxim de sofriment ve un dia que gira cap al seu contrari.

»Vaig recobrar la pau. Encara no sé com: el món dels trobadors se'm va obrir, donant-me una sensibilitat suau i joiosa. Quan vaig sortir de Poitieu, el meu cos era una perenne matinada clara, amb la serenor dels primers raigs i l'aucell que, despertant, fa la primera volada, i canta.

Cercamón, capficat amb la seva dèria, no escoltà gaire bé allò que li deia Bernat. Volia penetrar els secrets del trobar clus. Quan pogué, demanà a Bernat:

—Us he sentit manta vegada al·ludir al trobar clus, vulgueu-me, si us plau, explicar eixes paraules.

Bernat se'l mirà, el considerà uns instants i prosseguí com si res no hagués sentit:

—Vaig partir de Poitieu fet un home nou, amb la desinteressada serenor i la infinita paciència de la bellesa, tal com és la naturalesa. Els meus primers versos deien:

Tant ai mo cor ple de joya
Tot me desnatura.
Flor blanca, vermelh'e groya
Me par la frejura,
C'ab lo vent et ab la ploya
Me creis l'aventura,
Per que mos pretz mont'e poya
E mos chants melhura
Tan ai al cor d'amor
De joi e de dolçor
Que'l gels me sembla flor
e la neus verdura.

—¿Entens, Cercamón, el joi que hi ha darrera eixes paraules triades com millor vaig saber? És l'emoció, no les paraules, la matèria del trobador. Quan la tinguis, et vindrà el vers al cor com al brollador les aigües.

—Mestre Bernat, digué Cercamón, voleu explicar-me què vol dir «me desnatura»? Com pot el joi desnaturar, quin és aquest estrany sentiment contradictori?

Ara sí que Bernat de Ventadorn volgué sentir la pregunta del seu deixeble. Abans no havia contestat perquè hi ha fets que no tenen significat en paraules abans d'ésser viscuts i, per tant, no cal parlar-ne. Ja arribaria el temps que Cercamón se n'assabentés clarament per ell mateix.

—El joi d'amor, Cercamón, desnatura, transfigurant el món en paradís, però el preu n'és la dolor, el sofriment de perdre-ho tot, d'estar sol, disponible, obert. Quan res no es té ni es vol, tot es té i pot ésser: vet aquí la contradicció que tothom eludeix, canviant abandó per seguretat, disponibilitat per fixesa. El trobador és errant, va on els vents i el cavall l'emporten: té un deure a complir i una emoció interior, una missió i una energia: fora d'això, l'extensió oberta, res sagrat.

»I ara, adéu, Cercamón, t'he ensenyat tot el que sabia; algun dia sortiràs del teu infern, entraràs al trobar clus: aleshores ens retrobarem i sentiré delitós la teva poesia encara encoberta.

Cercamón buscava dintre seu i no trobava. En plena desesperació, una nit sentí el gemec de dos gats que semblava eixir de criatures humanes. Era el crit ancestral, verídic, sentit, irracional de dos éssers que es comunicaven el moviment de la seva ànima. Si ell pogués trobar un crit així per expressar allò que li passava! Però era inútil: no era expressió allò que necessitava, era trobar en ell mateix la llum d'Esclarmonda, recrear dintre seu l'estat de disponibilitat, d'acceptació, de benvolença indiscriminada. I no ho trobava.

A poc a poc, treballat pel dolor, l'envaí un sentiment respectuós; rebia el contacte del món com si entrés en un temple, recollit, sobreprès, expectant; però res no arribava, cap senyal, i el seu cor s'enfonsà més i més en l'espiral del desconhort, la buidor i la tristesa. No hi veia final: les tenebres l'acompanyaven com una ombra que l'envoltés en comptes d'anar al seu darrera. Tingué pensaments de mort, la vida li era inacabable: minut a minut, dia a dia, es debatia tancat en la foscor més profunda de l'ànima: el no veure-hi final l'angoixà fins al punt de menysprear la pròpia vida.

Fou en aquest moment que esclatà el desastre sobre el món dels Occitans: els francs i el papa atacaren el cos i l'ànima del seu poble i ell, que ja no tenia ni una cosa ni l'altra, sinó un cos insensible mogut per una foscor d'ànima, es posà al servei de Roger de Foix, quan aquest partí a combatre.

XVI. Blanca de Castella

Lluny del Pirineu
a la terra plana
dins Castella altiva
i la cort de França
Blanca, la reina perversa
traça, amb mà de mestressa,
els fils d'aranya
amb què teixí França i Espanya
perquè hi caigués Catalunya.

Anònim

La reina Blanca visità el monestir de Silos per copsar l'opinió de Domingo, el seu conseller i mà dreta. Aviat seria regina de França per unió amb Lluís VIII i era, per naixement, filla d'Alfons IX de Castella i neboda de Joan d'Anglaterra. La seva determinació i fermesa igualava, si no superava, tan nobles títols. Ella tingué una idea clara des del començament i decidí seguir-la, la simplicitat donant forces que la intel·ligència atenua amb dubtes; no que no fos intel·ligent, però era sobretot expeditiva. Els seus ulls negres i grans en el semblant ample voltat de cabells llargs, els llavis fins i apretats, el front net, la cara gran, li donaven un aire franc que de tan directe semblava sovint temible, com de fet ho era.

—Haig de posar els fils perquè en unes generacions, el meu llinatge s'ensenyoreixi d'aquestes nacions. Només hi ha un perill: que els pirinencs i occitans creïn un regne a ambdós costats del Pirineu; aleshores, de l'Ebre al Roine s'estendria un reialme capaç de competir amb el nostre i amb el de França. És necessari que ni el franc ni el castellà no permetin que aquesta nació que comença a formar-se completi la seva obra.

»El meu designi és per a tota la península d'Ibèria: els galaics, els dono per perduts, puix els nostres camins s'aparten; sortint ambdós del Cantàbric, Castella i Galícia divergeixen: nosaltres vers Almeria, ells vers Algarbe. Però Catalunya en el seu avanç per València, ve a caure de ple sobre la nostra diagonal d'avançament. A Múrcia convergirem i allí, la N d'Espanya s'haurà tancat novament i Castella en serà l'eix central.

Domingo no era aleshores, el qui seria. Un xic confós, no gosant contradir-la, demanà tímidament:

—Quin paper hi juga en tot això la religió? En què puc jo servir-vos, Senyora?

—El catarisme, amb el seu menyspreu de Roma, és un problema religiós per la seva independència de criteri; els trobadors, amb llur exaltació de l'amor estan sortint del dogma. M'han dit, fins i tot, que algunes nobles dames tenen Corts d'Amor i sessions on discuteixen l'art d'amar i altres qüestions més pròpies de l'alarb i del pagà que d'una ànima cristiana; vull que vagis a predicar en aquelles terres i a calibrar el poder dels càtars a fi que el papa Innocenci tingui proves de tot el que està passant. Si les amonestacions no assoleixen efecte, si no es sotmeten al papa, caldrà arbitrar uns altres mitjans: una església lliure és un país independent i Nós no podem permetre-ho per la grandesa de França.

—Hi aniré de bon grat, si vós ho maneu, a més no comprenc aquesta dolcesa de costum i aquell adelitar-se en el món de què parleu. Des d'aquesta terra erma les coses es veuen, ho sé, molt diferents: més austeres, fredes, sense mol·lície, adustes i velles i quasi guerreres. Però, em penso que els càtars estan minant l'església, i això, ha de saber-ho el papa.

Domingo de Guzmán era un home contradictori i el seu físic ho acusava; de posat nerviós, però afable, decidit però incert, testa triangular, front ample, ulls directes però inexpressius, les seves paraules dites amb una veu argentina li servien per amagar els seus pensaments: d'inesgotable energia, prodigava la vida si trobava una causa, i pensava que la vida no val la pena de ser viscuda si no és per a cremar-la al servei d'una causa noble. Ara la tenia, i a més, Blanca li ho demanava.

Sortí del Burg d'Osma, d'on era ardiaca, decidit a canviar la confortable canongia per una vida nòmada de predicació com la que menaren els apòstols. Mentre creuava per Saragossa vers Lleida, la solitud i desolació del paisatge eren un ressò de la seva ànima. En aquell erm de les ànimes que era com el seu país, l'home no podia mirar la terra, car res no hi creixia d'amable o acollidor; només els cels meravellosos amb els núvols vagarívols encisaven l'entreson dels cascos del cavall amb pensaments alterosos: la renúncia del món, el paradís celest, la desolació terrenal, la mortificació austera de la carn que tot això comportava. Ara bé, quedava l'intel·lecte: Domingo veié clar que la ment era l'instrument humà més adequat per arribar a Déu i esbrinar els seus misteris. Calia fer ús de la intel·ligència i el raonament lògic per tractar les coses del cel; així afrontaria ell l'heretgia, amb un cap clar i pensaments elevats; res d'intuïcions místiques ni sentiment de la naturalesa propers als cultes pagans; més aviat una ciència de Déu, una teologia que posés en clar els conceptes del dogma i demostrés racionalment allò que s'havia de creure per fe.

En arribar a Barcelona, Domingo albirà per primera vegada en sa vida la mar: la immensitat vagarosa de l'aigua canviant li produí un impacte inquietant perquè escapava a la fixedat i quietud acostumades de la terra, però encara més sorprenent i contradictori amb el seu caràcter li semblà el somriure innombrable de l'oreig de la mar en calma. L'encís voluptuós del Mediterrani l'embolcallà amb la tebior d'una mare, paraula tan propera a mar, i ell recordà, mentre contemplava l'aigua blava, que els grecs l'anomenaven talassa.

Pujant per la costa vers Girona, conegué paratges com mai no hagués pogut imaginar en la naturalesa; els boscos vora el mar, les pedres rosades, l'aigua clara i transparent, la verdor neta de les aigues al fons cristal·lí de les cales; el soroll i la sentor de pi, les humides plantes odorants: romaní, espígol, fonoll, estepa, tot envoltant els seus sentits oberts per primera vegada a l'esplendor del món tebi i exhuberant. Passà Girona i féu nit al convent de Cervià, gaudint la quietud recollida del claustre senzill de llums sedassades; l'altra jornada el portà a Sant Miquel de Fluvià que veié d'una hora lluny gràcies a la seva torre feixuga i enlairada. Allí decidí sortir de l'antiga calçada romana per anar a Sant Martí d'Empúries a visitar el lloc on Sant Pau posà peu per evangelitzar la Hispània.

Tot fent camí per la vora del Fluvià, se li féu nit abans d'arribar a la costa i cercà un mas hospitalari; al llogaret de Cinc Claus veié una casa amb els dos xiprers al davant que assenyalen al vianant menjar i acolliment. Es confià als amos de la casa que li feren lloc a la taula, tot preguntant-li son nom i, discretament, els motius del viatge. Allà es trobà amb Cercamón que estava fent de joglar pels pobles de la rodalia; parlaren llargament de la situació occitana. La bona fe de Domingo guanyà de seguida la confiança del jove cantaire que li exposà càndidament tot el que ell sabia.

—El món dels trobadors, en el qual jo sóc aprenent, és una comunió directa amb el joi de la natura; la força de renaixement de la primavera ens dóna l'exemple per a renovar la terra dels homes, cantant la força vital que pot moure'ls com la terra fa germinar la llavor i créixer.

—I, quina és aquesta força capaç de fer brotar els homes?

—El joi d'amor, segons diuen els meus mestres. Jo encara no hi he arribat, però espero el dia que podré copsar-ho. Voleu sentir com ho diu el mestre Bernat? Escolteu:

Quan l'herba fresca i la fulla apareix
i la flor poncella al verger
i el rossinyol alt i clar
alça sa veu i mou son cant
joia en tinc d'ell, i joia de la flor
i joia de mi mateix i de madona encara més:
de tot arreu sóc de joia voltat i ple,
però la joia que'm ve d'ella, a les altres venç.

—Però, què dieu! —exclamà Domingo quan el joglar acabà son cant—. ¿És això propi de cristians, fruir del món dels plaers, imitar els animals en el seu cant i en la despreocupació de coses celestials? ¿És que nosaltres, pecadors, podem gaudir l'entusiasme animal de la vitalitat primaveral?

—No hi veig cap mal, mossèn —digué Cercamón— si jo em sento bé en el meu cos, seré més bo i podré fer més feliç l'altra gent.

—I qui ha dit que som en aquest món per a ser feliços?

—M'ho diu el cant dels aucells, mossèn, i el goig de l'ala contra el raig, quan l'alosa es deixa caure, tot volant, per la dolçor del sol que al cor li va. ¿No heu sentit en vós el goig de la natura quan l'aura amable us acaricia la pell en una tarda tèbia de l'estiu, quan les flors són oloroses i el cel és blau i rosa amb la dolçor de l'àngelus?

Domingo no contestà, féu gestos de retirar-se per no escoltar més paraules d'aquell jove que el removien profundament en el seu interior, posant-hi idees que fins aleshores no havia mai albirat. Ni hagués cregut mai que fos possible una vida així en eixa perspectiva de paradís terrenal. Quelcom hi devia haver, en eixa terra, per portar els homes a una tal despreocupació de les coses del cel.

Efectivament, l'Empordà, en aquell any de gràcia de 1212 era allò més proper a un paradís terrenal: els camps conreats acuradament, horts tancats per xipresaies que els protegien de la tramuntana, vinyes i olivers al secà, barques i arts de pesca als estanys, la comarca semblava més un immens jardí cultivat per amor a la bellesa que per necessitat de menjar, si bé ja els grecs sabien que la bellesa és la utilitat. Els masos amples i de pedra picada en finestres i cantonades, escampats per la plana i arrecerats a muntanya, obrien les seves grans portes dovellades en un arc proporcionat i sòlid sota el qual passaven els carros per entrar a assecar mongetes o blat de moro i les oques blanques amb l'elegància del coll estirat, el tou plomatge immaculat i la desagradable cridòria de les seves veus esquerdades, guardant la casa com un ramat de mastins grotescos. Els masos propers a la costa alçaven torres rodones i quadrades per a defensa contra els pirates, els de terra endins s'obrien a quatre vents o eren allargats amb dues vessants de teulada caient en suau pendent exacte. La gent hi vivia folgadament de la terra i el bestiar, no els faltava res a taula i moltes vegades a l'any s'aplegaven en un lloc o altre dels voltants per festes vilatanes o aplecs a ermites no gaire llunyanes. Joglars i trobadors, hongaresos amb óssos i tropes de cantaires i ballarines mossàrabs visitaven els indrets per a distreure la gent i treure'ls els quartos amb espectacles improvisats a les places.

Això que trobà Domingo el trasbalsà, distant com era de la vida senzilla i magra que es duia a l'àrid altiplà on ell s'havia criat. El sopar abundant i gustós de l'escudella i carn d'olla, amb verdures, tall, botifarres, grana, vi ranci i garnatxa el féu despertar tard i amb una desconeguda sensació de satisfacció al cos que procurà oblidar dient missa a la capella de santa Reparada, petita ermita grisenca que s'alça al bell mig dels cinc masos. S'acomiadà de Cercamón i dels pagesos hospitalaris del manso Sastre i prengué el camí de Sant Martí per visitar l'antiquíssima església, ja reconstruïda després del saqueig destructor dels normands. Acabada la visita marxà vers Castelló, Peralada i creuà les Alberes de camí cap a Narbona, primer punt de destí on volia entrevistar-se amb el legat pontifici, Pere de Castelnau, per tenir informació i presentar sa estratègia.

El palau dels bisbes era l'antiga fortalesa del cònsul romà, transformada en cúria quan Roma, en no poder dominar els bàrbars per la força de les armes, canvià pretors per bisbes i els desarmà amb els terrors mentals de l'infern i el poder de les claus de l'altra vida detentades pel papa. Pere de Castelnau rebé Domingo i l'assabentà dels progressos de l'heretgia a la diòcesi narbonesa.

—Els nobles hi tenen parents, els trobadors hi són amics, la gent del poble els admira per la seva probitat i pobresa; a més a més, la llibertat de pensament encoratjada pels càtars s'avé millor amb l'esperit de municipalitats lliures en què està constituïda Occitània. Ni Roma ni el rei de França veuen això amb bons ulls.

—Blanca de Castella m'ho ha assenyalat així, però no veig la manera de derrotar-los si no és utilitzant les mateixes armes que ells: el pensament teològic i la vida austera del clergat.

—Què voleu dir, senyor?

Domingo se'l mirà de fit a fit, i, amb veu seca, segura i tallant, replicà mesurant les seves paraules:

—Vull dir, legat, que l'heretgia no fa prosèlits ostentant com vosaltres el poder i la pompa, cavallers i palafreners, vestits i joies; ans els fa amb el seu zel i austeritat, amb la seva santedat.

Castelnau encaixà la diatriba sense moure un sol múscul i respongué amb veu freda i serena:

—Teniu alguna proposta pràctica per a dissuadir els infidels?

—Allò que us he dit: caminar, predicar, viure itinerants de la caritat dels pobles, ésser captaires de Jesucrist, predicar amb l'exemple, com els primers apòstols.

—Res no us puc dir a favor ni en contra d'aquest sistema, cal que aneu a Roma i proposeu al papa això que em dieu a mi; si ell se'n conforma, us faré costat en tot el que pugui. I ara, marxeu, senyor, que el vostre zel us acompanyi, que jo, en això no sabria seguir-vos.

XVII. Domingo de Guzmán a Occitània

Domingo anà a Roma per proposar el seu sistema al Papa Innocenci III, home complexíssim, revés de la medalla de Gerbert: on aquell era estirat per la contradicció entre humanisme i poder, Innocenci lluitava per humanitzar el seu desig ferotge de poder. Era un d'eixos homes amb una passió suprema, una vida lliurada a l'impuls irresistible que brollava instintiu, incontenible, del seu cor: el poder. Gerbert cercà i exercí el poder papal a desgrat seu, com a mitjà ineludible per enderrocar dinasties, ajudar l'emperador Otó III i crear l'Europa dels ducats. Innocenci es repenjava amb fruïció en el poder temporal de les claus de Sant Pere i, prescindint de la idea del sacre imperi, decidí de convertir el papa en el veritable rei de reis del món. ¿No era el representant del rei celestial? Qui, doncs, millor per menar el món?

Quan Domingo fou rebut en les sales del palau papal, aquest ja no conservava el caire bizantí que Teofanis li havia conferit, sinó que s'hi notava la influència, el pas del renaixement de l'any mil, en les imatges de la fusta tallada i policromada, els arcs cecs formant frisos en les cornises de les teulades, el clar i fresc marbre blanc, verd i rosa, substituint els bigarrats mosaics; els setials daurats que abans eren escambells de fustes creuades; sols les catifes i robes cerimonials continuaven venint de l'orient, i el damasc, les sedes de colors intensos i delicats. Innocenci III rebia en una gran sala rectangular de sostre basilical, neta i clara amb la fredor del marbre. El papa era un home fred, determinat, els seus ulls durs tenien una espurna que no era escintil·lant, sinó fixa com una brasa. El rostre expressiu, aïrat, autoritari, contrastava amb els modals cultivats, refinats quasi suaus del consumat polític que sap on va i oculta el determini darrera les paraules; home corpulent, gros i en la plenitud de la força, amb vuit anys d'experiència papal, comandava Roma i l'església amb aquella mà de ferro que Domingo notà crispada, com urpa d'àliga, en el vellut vermell que folrava el braç del setial.

—Plau-nos, Domingo, el vostre determini de combatre els càtars amb les seves armes; fins ara els nostres legats i amonestacions oficials, no han produït cap efecte. Jo puc dominar els reis, però aquestes ciutats lliures d'Occitània que no es sotmeten ni als senyors feudals, que es governen amb cònsuls, i elegeixen magistrats, no reconeixen més autoritat que la dels ciutadans mateixos. En aquest entorn polític, l'autoritat central del papa no es pot canalitzar a través del braç d'un rei; això és assumpte que Nós ja hem deliberat i aviat hi trobarem solució, amb ajuda del rei de França i de la nostra lleial servidora i senyora vostra, la reina Blanca.

En sentir l'afecció del papa per la seva aimada mestressa, Domingo vencé el respecte imposat del cerimonial de l'audiència i, prenent la paraula, quasi interrompent el papa, digué:

—Jo no en sé, de qüestions polítiques, ni m'uneix a la reina ma senyora cap interès temporal; sóc un admirador de la seva ànima sacrificada i devota, del seu interès immaculat per la difusió de la fe en terres d'heretges. Ella m'ha enviat a Vós perquè us confiï aquest designi meu que ella coneix i aprova; què dic aprova, que ella gairebé ha inspirat.

»Doneu-me els preceptes i decretals per fundar un Orde: serem predicadors i mendicants i ens arrelarem com el vesc a les mateixes branques del roure càtar.

Innocenci apreciá tot l'esforç manipulable contingut en l'entusiasme del prior d'Osma i li donà poders per a fundar, arribat el temps, un monestir i un nou Orde que retrobés la perduda pobresa i l'entusiasme dels primitius cristians. S'acomiadà del benintencionat castellà, que li cobriria el costat religiós del seu esquema, i tornà a dirigir els seus designis vers la cort de Franca.

Domingo recorregué el Llenguadoc com un vertader càtar, vivint pobrament, sense equipatge, dejunant i predicant, sovint provocant discussions amb els bons homes, amb els quals, curiosament, va descobrir, astorat, que l'unien molts punts de contacte. Els resultats del seu esforç foren molt magres i, en arribar l'hivern, descoratjat, cansat i dèbil pels dejunis i llargues marxes, s'aturà davant de Fanjeux i fundà un monestir, afegit a l'ermita del Santuari de Prullà. Amb un grapat de fidels es construïren la casa i el claustre, conrearen els horts i bastiren granges per a mantenir el monestir puix que les escasses donacions dels pagesos dels voltants no bastaven.

Per a distingir-se dels bons homes càtars, Domingo escollí un hàbit blanc amb capa negra i caputxa.

L'hivern anà passant i Domingo escassament pogué avivar l'entusiasme i contagiar la seva inexhaurible fe als fidels monjos que l'acompanyaven. Sols el cant quotidià del gregorià encenia per moments la devoció de la comunitat. Aquells espais entre cadències, aquelles caigudes dolces de la frase que acabava, la llum blanca encesa a l'ull interior pel so del càntic, li donaven l'escassa força que encara l'animava.

Fou en un d'aquests silencis estàtics que Domingo rebé la revelació de la seva arma: la Verge Maria aparegué al seu ull interior, en el silenci del càntic, i li allargà la mà donant-li un rosari. Ell comprengué immediatament l'oportunitat d'aquell mitjà que era per al poble senzill allò que el gregorià fou per als monjos: una salmòdia, una repetició que permetia connectar moltes atencions i voluntats vers un mateix desig, una emoció comuna, un estat col·lectiu d'ànima.

Aquella revelació del rosari fou per a ell la confirmació definitiva, tan esperada, de la importància que el cel donava a la seva missió: armat del rosari inventaria una forma nova de pregària que uniria els cristians com ho havia fet Jesucrist amb el parenostre. Domingo es castigà per la seva pretensió, escurçant la cadena de ferro que sempre portava mossegant-li la carn. Ple de joia, reuní els seus monjos i els ensenyà a lligar els enfilats de fusta de roser, la flor de la Verge, i a recitar les jaculatòries, passant-los amb la mà. Així l'àbac de Gerbert que fundava infinits càlculs matemàtics fent córrer boles de fusta per fils paral·lels, esdevenia joc tancat de la devoció en el fil circular del rosari, àbac de comptes fixos que es mosseguen la cua.

A la primavera, Domingo desafià els diaques càtars a un acarament per tal de convèncer els heretges, puix que el cel li havia donat proves d'ésser al seu costat i de la missió que li encomanava. La conferència tingué lloc a Pamiers, riu avall de Foix, anant cap a Tolosa.

Domingo es dirigí a peu vers ponent, camí de Mirepoix; anava resant el rosari amb els seus devots i s'aturava a predicar en els poblets com per a convèncer-se ell mateix de les idees que pensava defensar davant els bisbes càtars. De Foix cap al nord, Esclarmonda amb el seu germà Roger i Cercamón acompanyaven el perfecte Gilabert de Castres, portaveu de la causa dels càtars i subtil argumentador, format a les escoles de Bulgària i Anatòlia, bressol dels ideals càtars.

Presidits pel legat pontifici Pere de Castelnau, bisbes, clergues, monjos i nobles senyors, s'assegueren al cor de l'església de Pamiers: el silenci carregat de les pesants voltes circulars esdevingué quasi sòlid quan el legat féu un senyal amb el cap i Domingo de Guzmán prengué la paraula. El seu cos prim s'allargassà en la penombra de l'església amb l'elegància de l'hàbit blanc i la caputxa negra; el seu visatge macilent, ardorós i benintencionat delatava un enervament que el feia inquietant i una mica desagradable.

—El nostre tarannà és la desafecció del món. Hem de passar pel món perquè Déu ho vol per a posar-nos a prova; però hem de fer exactament això: passar, no romandre, no encallar-se en els seus remolins de plaer, enfonsant-nos en els aiguamolls del cos satisfet i la panxa contenta. El món és un càstig i tot càstig ve per raó d'una culpa. Si el món és un càstig i ens hi envilim, perpetrem el pitjor dels pecats, estem convertint el càstig de Déu en un motiu de culpa, capgirem els seus designis fins al punt de cercar plaer en allò que ell ha creat per al nostre sofriment.

Aquí s'aixecà Gilabert de Castres i amb un gest d'afecte respectuós interrompé Domingo en els següents termes:

—Coincidim, Domingo, a veure el món com un lloc de pas. Nosaltres arribem fins a considerar-lo l'obra de l'enemic de Déu, d'un pervers demiürg que, desobeint el ver Déu, s'enamorà de la seva pròpia creació i ha volgut romandre en la matèria. Lluita terrible a dalt dels cels i que ens explica la presència del mal en aquest món. El bon Déu no pot realitzar una creació on el mal existeix. Cal, doncs, passar pel món com si fos una creació funesta, prescindint dels seus encants. Ara bé, on tu veus una terra menyspreable, nosaltres hi trobem un jardí deliciós: la terra no és un càstig; la natura, tu ho saps, sembla de vegades un paradís terrenal. Nosaltres no renunciem al món per veure'l com un càstig i una culpa, sinó perquè escollim un estat més enllà, de joiosa renúncia.

En aquest punt, Esclarmonda, que seguia amb delectació les paraules del perfecte, sentí una intuïció que volgué fer arribar als membres de l'assemblea.

—El món és un paradís, encara que fet per Satan; és una creació angèlica sempre que sàpiga esmenar el desig, transcendint la joia sensual per un amor espiritual, que l'elevi al designi diví.

Els cavallers occitans foren xocats i quasi aïrats quan el frare francès Etienne de la Mínia la interrompé bruscament, cridant:

—Aneu a filar la vostra filosa, senyora Esclarmonda. No us escau de prendre part en aquestes qüestions!

Alguns cavallers s'anaven a aixecar quan foren detinguts per la mirada de seguretat que ella els va adreçar mentre deia:

—Els frares del nord no coneixen la nostra cortesia, ni saben que les dones són ací escoltades en les discussions. Fra Etienne, si us plau, parleu de teologia, que no s'escau a un frare embolicar-se amb la filosa com una filanera.

La seva resposta fou acollida amb relaxament pels cavallers que volien expulsar el frare, i Domingo, encara que contrari a les paraules de Gilabert i Esclarmonda, sentí la força suau i el poder apaivagador que emanava dels càtars. Cercamón s'estimà Esclarmonda una mica més, sentint, en l'oceà sense límits del seu amor, penetrar un nou fil ardorós de lava.

—L'home és un ésser culpable —reprengué Domingo—, és ell, no Déu qui introdueix el mal en el món. Déu ho permet i el castiga deixant que converteixi el món en un infern.

—Un Déu bo no pot permetre tal cosa, per més que l'home ho vulgui fer —replicà Gelabert.

—Déu posa a prova l'home i l'única forma de no fallar és reconèixer que som culpables i castigar-nos nosaltres mateixos abans d'esperar el càstig de Déu. Castigar la carn, patir, mai no tocar els plaers il·lusoris del món. El càstig i la culpa són els únics fets segurs en aquest món de tenebres, lloc de pas, prova de Déu per escollir els seus fidels.

—L'abandó del món el practiquen els perfectes, però no ho podem demanar a tothom. Quin mal pot fer a Déu que les bones gents gaudeixin allò que puguin, si no fan mal a ningú? Nosaltres ens n'estem, del món, però és una elecció lliure nostra, no una imposició arrencada per la por i arrelada en la sensació de culpa. No hi ha culpa en l'home honest: la vostra visió fa de la terra un infern, la nostra vol fer de l'infern una terra habitable per tots.

La controvèrsia continuà en eixos termes. Curiosament, tan Gilabert com Domingo partien d'una mateixa conclusió: que el món no era comparable a les delícies dels mons divinals superiors. Però on un volia la mortificació i l'acceptació de la culpa, l'altre volia que l'home renunciés per una decisió de lliure elecció, per un convenciment joiós, no per una compulsió paorosa de culpa. Així se separen, admirant-se, però inconciliats, Gilabert i Domingo. Els nobles retornaren a Foix, mentre Pere de Castelnau partí per informar el papa i fou misteriosament assassinat quan passava el Roine. Aquesta era la clau que Innocenci III esperava. Després de guardar, taciturn i ominós, un silenci de dos dies, promulgà amb eixos mots apassionats i terribles, la croada:

—«Soldats de Crist! Extermineu l'heretgia servint-vos de tots els mitjans que Déu us ha revelat. Esteneu lluny el vostre braç i combateu amb mà vigorosa els sectaris de la impietat, féu-hi guerra més ferma que amb els sarraïns, puix són pitjors. Pel que fa al comte Ramon, encara que invoqui el nom de Déu i vulgui donar satisfacció a Nós i a l'església, no desistiu, per això, de fer que sobre ell caigui tot el pes de l'opressió que per la seva conducta mereix. Feu-lo fora, a ell i els seus barons, de llurs castells i terres, a fi que els catòlics ortodoxos puguin establir-se en els dominis dels heretges.»

XVIII. La Croada

Cercamón restà al costat de Roger de Foix durant els mesos d'aquell estiu terrible. Seguiren els camins de l'exèrcit invasor, mentre Roger esperava el resultat dels parlaments de Raimon de Tolosa i dels combats de Raimon Roger Trencavell, primer noble afectat per la invasió dels barons francs. Cercamón havia estat encarregat per Arnau de Castellbò d'observar l'exèrcit enemic, les seves forces, l'armament, els moviments tàctics per quan arribés el moment, que a ell li semblaba inevitable, en què els catalans haguessin de lluitar contra els francesos per deslliurar Occitània. El rei Pere II tenia esperances de pactar amb els croats i el papa, però Arnau, més vell i coneixedor de les ambicions polítiques dels atacants, disfressades de croada, sabia de segur que el rei toparia amb els atacants per a defensar els seus vassalls de Foix.

Cercamón entrà com a músic i joglar en l'exèrcit dels francs. Presencià amb horror i consternació com el comte Raimon de Tolosa s'humiliava davant els croats: despullat fins a la cintura, assotat i portat amb cordes lligades al coll per dos bisbes, entrà a l'església on reposaven les despulles del legat pontifici assassinat; i sols després fou autoritzat a sumar-se a la croada contra els seus propis súbdits. Informat Roger de Foix de la inutilitat dels parlaments i de la traïció del comte de Tolosa, retornà al seu feu per aixecar un exèrcit. Cercamón resta amb els croats per informar més endavant, quan els catalans es veiessin compromesos.

A Montpeller volgué el jove Raimon Roger Trencavell de Carcassona parlamentar amb els bisbes, però també fou inútil: els francs no havien baixat per tornar amb les mans buides, la riquesa del sud era fabulosament atractiva comparada amb la tosca rudimentarietat dels seus endarrerits habitacles i comarques. Trencavell es retirà a Carcassona disposat a combatre i els croats avançaren fins a Beziers. Els legats demanaren als cònsuls de la ciutat que lliuressin els heretges: la gent de Beziers s'hi refusà i, mentre els croats instal·laven el camp, feren un atac eixelebrat, sortint de ses muralles. Reaccionaren els croats i quan els assetjats obriren les portes per a recollir els incursors, penetraren ells ensems, ocupant els primers barris de la ciutat. Davant d'aquest descuit enorme, els habitants es refugiaren a les esglésies sota la protecció del lloc sagrat i els capellans cristians; fou inútil: els croats ho arrasaren tot a sang i foc amb gran crueltat; el mateix Cercamón sentí Arnau Amalric, un català de Poblet, abat de Citeaux, que havia reunit l'exèrcit franc, contestar quan li preguntaren com distingirien els cristians dels heretges per a respectar-los: «Mateu-los a tots, que Déu ja escollirà els seus.»

A Beziers moriren trenta mil herètics, catòlics, dones i nens. Només a l'església de la Magdalena foren assassinades set mil persones. Cercamón, horroritzat, sortí del campament croat i es dirigí a galop vers el sud-oest passant per Foix a donar la paorosa notícia al seu amic Roger i seguint cap a Castellbò cames ajudeu-me. Arnau el rebé com si conegués ja la notícia; els seus pèssims presagis començaven a complir-se; demanà a Cercamón que l'acompanyés a la cort del rei en Pere per posar-lo alerta del perill imminent dels invasors nòrdics.

—No s'havia conegut un horror igual, majestat, des dels dies de les invasions bàrbares. La qual cosa no ha d'estranyar, puix que aquests barons francs són bàrbars del nord que no han tingut encara temps per a civilitzar-se. Ja els coneixeu, sabeu com viuen en castells freds, dormint tots junts, cuinant amb greix i bevent cervesa. Abans de passar un hivern al seu país miserable, prefereixen arriscar la vida combatent en terra mediterrània. La història es repeteix, mon Rei, i si prenen Occitània, què els deturarà d'envair el Pirineu, com ja intentà Carlemany, i d'apoderar-se de les nostres terres fins a l'Ebre?

Pere II restà fortament afectat per les amenaçadores notícies de la desfeta de Beziers i encara més de l'acarnissament i barbàrie dels croats teòricament catòlics. Catòlic ell, com tots els de la seva casa, partí acompanyat dels bisbes catalans a parlamentar amb els invasors. Era Pere un home afable, alt i poderós, donat a menjar, beure i fruir de caceres i corribandes amb els seus barons; però quan el moment i el país ho exigien era lleial i honrat cavaller, prest a deixar-ho tot per tal de complir els deures de protecció envers els súbdits.

Trobà els croats assetjant Carcassona i parlamentà amb ells a fi d'obtenir una capitulació honorable per al seu vassall, el vescomte Trencavell. Fou allà on Arnau assenyalà a Cercamón un home especialment notable pels seus ulls blaus, barba rogenca, front obert i coll enorme, sortint com el d'un bou d'espatlles corpulentes; el seu mirar fred i determinat denotava una decisió i audàcia on allò temerari s'ajuntava a la sang freda i a la intel·ligència, barreja de qualitats que han fet sempre els grans guerrers i homes de poder.

—Guarda en la memòria aquest personatge, Cercamón, i estudia el seu tarannà bèl·lic: aviat sentirem a parlar d'ell i ens convé conèixer els seus punts febles, si és que en té algun: es diu Simó de Montfort.

Les condicions que els catòlics oferiren a Pere II no foren acceptades per l'ardit jove Trencavell: només ell podia sortir amb armes i bagatges, deixant els habitants de Carcassona a la discreció dels croats. Pere II es retirà a l'altre costat dels Pirineus, però deixà com a penyora d'aliança i bona voluntat el seu fill cadell Jaume, que tenia quatre anys, sota la tutoria del noble cabdill dels catòlics Simó de Montfort. Arnau quedà esgarrifat en veure-li fer aquesta concessió, però callà per no semblar massa malastruc al seu rei. Partit el rei català, Cercamón restà al camp de batalla i Arnau es retirà a Castellbò a llevar, per si un cas, un exèrcit.

Quan els assetjats acabaren l'aigua de les cisternes, que la secada habitual de l'agost no havia emplenat, Raimon Roger de Trencavell anà al camp dels croats a parlamentar. Menyspreant les lleis de l'honor i la cavalleria, el vescomte fou retingut presoner; els habitants de Carcassona abandonaren la defensa de la ciutat, fugint per un passadís subterrani: l'antiga nissaga dels senyors de Carcassona d'on eixien les cases comtals de Catalunya a partir de Bel·ló, havia perdut les seves terres; poc més tard també perdria el seu jove hereu, mort a la presó a mans dels croats. Raimon Roger Trencavell havia confiat el seu fill de quatre anys Raimon al vescomte Arnau, perquè el portés a Foix sota la protecció del seu gendre el comte Roger Bernat.

Trencada a la flor de la joventut la vida del gentil Trencavell, el sinistre abat Arnau Amalric oferí els seus títols i possessions als nobles francs. El duc de Borgonya refusà, així com també el comte de Nevers, repugnant al seu temperament de cavallers la traïció que s'havia perpetrat a Carcassona. Hi hagué, però, un home que acceptà de bon grat: Simó de Montfort, que s'havia distingit, com havia notat Arnau, en el combat del setge.

Molts castells es rendiren a Montfort després de Carcassona, però Cabaret, Minerva i Termes foren ossos durs de rosegar per al «Lleó de la Croada». A Minerva, Cercamón contemplà meravellat i esgarrifat com cent cinquanta homes i dones càtars es llançaven ells mateixos a les flames cantant en veu baixa un càntic suau i tranquillitzador. Gilabert li havia parlat una vegada del dolor exquisit, cosa que ell no entengué gaire, i Cercamón intuí en aquell sacrifici serè dels qui entraven cantant a les flames la presència d'una força anormal desconeguda que podria provenir del dolor exquisit. Aquella escena el contristà granment, però li deixà, per altra banda, el gust admirable de la serenor dels cremats davant la mort.

Molt més terrible fou el suplici que presencià a Lavaur, on els homes de Montfort donaren la mesura de tota la seva crueltat i barbàrie. El castell fou defensat per dama Geralda en absència del seu marit, que era a la croada de Terra Santa. El comte de Foix, Roger Bernat, amb el seu fill Roger acudiren a auxiliar el castell interceptant un exèrcit de mercenaris alemanys que, enlluernats per la riquesa del sud, baixava a reforçar Simó de Montfort. Coneixidors del terreny, els de Foix posaren un parany a les gorges de les Corberes i destrossaren l'exèrcit alemany que mai no arribà a Lavaur.

Cercamón, en el camp enemic, acollí la nova amb entusiasme i hagué de retenir el seu impuls de córrer a reunir-se amb els seus senyors victoriosos tan a prop d'ell. Però la seva presència era més necessaria vora el temible Montfort i restà amb els assetjadors de Lavaur. Finalment les catapultes obriren bretxa a la muralla i els francs forçaren el castell; els vuitanta cavallers que el defensaven foren penjats immediatament, quatre-cents càtars foren comminats a convertir-se i anaren a la mort entre els apaivagats càntics que tant corprenien Cercamón, però la cosa pitjor encara no l'havia vista el delicat trobador: malgrat ésser encinta, dama Geralda fou lliurada per Montfort als seus homes com a botí de croada; passada de l'un a l'altre, la dama fou forçada manta vegada; quan volgué fugir fou agafada per uns mentre els altres la violaven, i quan ja no pogué resistir ni espernetegar més i ja no s'aguantava dreta, amb el vestit esparracat, la suau pell nafrada, dèbil carn despullada contra ferro d'armadures i cuiro suat de cuirasses, fou tinguda dempeus pels soldats, fins que els barons se n'afartaren.

Cercamón apartà horroritzat la vista i fugí muntanya avall, però els crits de la malaurada retrunyiren per les gorges de la muntanya i Cercamón sentí que era la terra d'Occitània que cridava violada, malgrat ésser encinta d'un nou món que ja mai no naixeria. La dolçor d'Esclarmonda se li aparegué amb una mirada d'insondable melangia i Cercamón comprengué la por de sa senyora i l'immens esforç dels trobadors i les corts d'amor per impregnar de cortesia el tarannà brutal de les nacions guerreres.

A poc a poc, els crits s'anaren extingint, però a la vegada es feren més cavernosos, febles però ressonants, com si vinguessin ja d'ultratomba, de la mateixa mort de la castellana. Pujà cap al castell i el seu ull, que maleí vint vegades per no ésser orb, li revelà l'espantosa brutalitat d'aquells bàrbars. Geralda, com una nina destrossada, havia estat llançada al pou i per ofegar els crits de sa vergonya i agonia, era coberta de rocs que a poc a poc esmorteïen la veu de la desventurada. Cercamón, no podent ja resistir-ho més, corregué cap al seu cavall i, desobeint les ordres del seu senyor, fugí, galopant esfereït, sense saber on anava, del camp dels vencedors de la croada.

XIX. Cercamón i Gilabert de Castres

Afamegat, perdut, esfereït, plorant per dintre seu, Cercamón arribà de nit en una cova on veié una tèrbola llum reverberant en el sostre de la balma. Demanà refugi i li fou donat, descobrint tot seguit una inversemblant assemblea de càtars que celebraven ritual nocturn. Es tractava del consolament que es donava a aquell grup de creients pel fet de trobar-se, a causa de la croada, en imminent perill de mort. Fou una cerimònia molt senzilla. Primer se'ls demanà si es volien donar a Déu i a l'Evangeli; contestat el sí, el perfecte els va fer prometre que des d'aleshores no menjarien més carn, ous, formatge ni altre menjar que no fos peix o vegetals cuinats amb oli. Prometeren igualment no dir mentides, ni jurar, no tenir comerç carnal ni abandonar la comunitat càtara per por de la mort per foc, aigua o altra manera. Fetes eixes prometences, els candidats recitaren el parenostre; després el perfecte celebrant els imposà les mans, posà el llibre de sant Joan sobre el cap de cadascun d'ells i s'agenollà al seu davant. Els altres s'agenollaren també saludant cada candidat investit. Finalment es donaren la pau.

Cercamón seguí amb recolliment el ritus, però no volgué prendre el consolament, perquè una premonició interior li digué que la seva via d'iniciació passava per un altre camí més a prop d'Esclarmonda i dels secrets del fin amors. S'acollí amb devoció a les pregàries i, acabat el cerimonial, s'atansà al celebrant i el reconegué: era el perfecte Gilabert de Castres.

Precipitant-se a besar la mà del perfecte, Cercamón narrà de forma incoherent els horrors de la croada que ell anava seguint, i el turment final de la caiguda de Lavaur, que no havia pogut resistir. Entre plors que li brollaven d'una incontenible desesperació demanà a Gilabert com era possible aquella prepotència del mal en el món.

—En l'origen —li respongué Gilabert— existien dos principis: el del Bé i el del Mal, i en ells existien, des de tota l'eternitat, la Llum i les Tenebres. Del principi del Bé, ens arriba tot el que és llum i Esperit; del principi del Mal, ve tot el que és matèria i Tenebres.

—Però com pot ser que Déu omnipotent permeti un món de matèria i de tenebres, produït pel geni del mal?

—I si Déu no fos omnipotent? ¿I si ell depengués de nosaltres per guanyar la lluita contra el mal? I si nosaltres fóssim part de Déu i per tant, l'estiguéssim fent a Ell, a poc a poc, més bo o més impotent contra el mal? Dit més clar: i si nosaltres estiguéssim fent Déu?

Cercamón sentí com si un abisme s'obrís al seu estómac i un buit immens li envaís el cos. Déu no és omnipotent, s'està fent i necessita de nosaltres! L'home és el fulcre de la creació inclinant-la vers la pesantor o vers la gràcia, vers la matèria o cap a la llum. Vet aquí la dignitat de l'home i la raó de la seva lluita, portant a dins les dues forces que es barallen incansables, fent bategar les parets del cor, embrollant els instints, removent les entranyes i confonent les idees que fan rodar el cap. Gilabert continuà:

—Déu, com l'univers, és un ésser en evolució, en formació o transformació contínua; nosaltres, essent part d'aquesta immensa transformació, la dirigim en un sentit o altre. El Bé no pot existir sense el Mal, si no, no el definiríem. Definir és delimitar i només podem delimitar i perfilar el Bé contra les fronteres del Mal que hi ha al fons i que l'envolta i el delimita. Hi ha mal perquè hi ha bé, com una moneda no pot tenir cara sense tenir creu. Si tot fos llum, sense matèria, l'univers seria un immens oceà de llum indiferenciat i seria el repòs de Déu, que ja vindrà. De moment ens toca existir amb la matèria.

Aquella nit, Cercamón la passà interrogant els estels, brolladors de llum, per veure si les tremendes paraules de Gilabert eren certes; les constel·lacions restaven mudes, però la foscor, envoltant-les, responia afirmant la presència de les tenebres. A trenc d'alba partí pel camí del Rosselló cap a Elna, on trobà una ambaixada pontifícia que anava a portar una comunicació d'Innocenci III al rei en Pere, per tal que reconegués la desposessió dels seus vassalls excomunicats ultrapirinencs i ajudés Simó de Montfort i els dominicans en l'extirpació de l'heretgia. La maniobra política dels francs per apoderar-se d'Occitània era ja massa clara, malgrat la disfressa de croada que el papa li havia prestat de l'inexhaurible guarda-roba romà, preparat per a qualsevol circumstància. Constantí, quan es féu impotent l'exèrcit contra els bàrbars, havia preservat els cònsols romans, vestint-los de bisbes dotats de poder espiritual; ara calia disfressar els francs invasors d'Occitània amb la creu vermella pintada a l'elm dels croats.

XX. Muret

La resposta de Pere II al papa fou passar els Pirineus per unir-se als excomunicats. Abans, però, envià el vescomte de Castellbò a Simó de Montfort per reptar-lo en forma, segons era usatge i llei entre cavallers abans de trencar hostilitats. Montfort contestà al rei amb un altre missatger, dient-li que estava prest a defensar-se contra ell i els altres enemics de l'església; el rei En Pere el rebé a Castellbò davant la cort reunida. Acomplides eixes formalitats, els catalans entraren en terres de Simó de Montfort.

Havent recuperat nombroses viles que Montfort tenia conquerides, es va reunir a Tolosa amb el comte Ramon, el seu gendre Roger Bernat de Foix i el comte de Comminges. Junts formaven una host de dos mil cavallers i quaranta mil infants. Es decidí de començar la guerra pel setge del castell de Muret on Montfort disposà una forta guarnició; la vila, no gaire gran, era a tres llegües de Tolosa. Arribaren i acamparen el 10 de setembre de 1213.

Començat de seguida el setge de forma favorable als atacants que havien ocupat un barri, el rei Pere rebé avís que es divisaven les insígnies de Simó de Montfort que cavalcava en ajuda de la vila rodejada. Pere ordenà retirar-se al campament. Montfort entrà a la vila acompanyat de Folquet de Marsella, antic trobador i ara bisbe de Tolosa. Folquet envià dos frares al camp dels catalans per demanar una conferència; la resposta del rei al seu antic protegit trobador va ésser: «Pels quatre bandolers que vénen amb els bisbes, no val la pena que Nós concedim una audiència.»

La resposta fou celebrada pels cavallers amics de Pere II, Hug de Mataplana, Miquel de Luèsia, Guillem d'Horta, i els altres, amb una alegria no compartida per Arnau, que prenent a part Cercamón, li confià ombriu:

—Tinc un fosc pressentiment, Cercamón; el comte de Tolosa és home indecís i ple de por davant de Simó de Montfort. Ens falta el nostre millor capità, Bernat de Creixell, que morí l'any passat a les Naves de Tolosa; inoportuna pèrdua, Creixell: amb el seu valor i saber tàctic decidí aquella batalla per als cristians; quatre reis portaren el seu bagul, però nosaltres vàrem perdre l'estrateg que demà ens podria donar la victòria. El rei en Pere és molt valent, però eixelebrat, i els seus barons vénen a la guerra com qui va de cacera. Jo conec Montfort i els francs: això no és com lluitar a casa.

Cercamón s'apartà del campament per albirar els focs de la veïna vila, el temps era serè, net per les pluges que a finals d'estiu reguen el país preparant la tardor. Retornà vers el seu camp i veié, dins la gran tenda de ratlles vermelles i blanques que guanyà a les Naves de Tolosa el rei Pere, un tràfec de viandes, vins, llums, servidors, músics i dones que conferia a la vesprada de la imminent batalla un caire de revetlla que, recordant les premonicions d'Arnau, l'inquietà profundament.

Els estels restaren muts quan ell els interrogà amb la mirada, les seves configuracions immutables, birbillejants, no transmetien cap sensació de malastrugança, però tampoc d'esperança. Així sumit en aprensions i cabòries el sorprengué l'albada, i encara no s'havien extingit els llums ni apaivagat el soroll a la tenda del rei Pere, hom de fembres com tothom sabia.

Cercamón es vestí els arreus de batalla: l'ausberg d'escats, l'elm i els esperons punxeguts, eixugà l'espasa coberta per la rosada del matí, preparà el cavall tot parlantli d'allò que s'apropava com si fos un vell confident: després el deixà en mans de l'escuder i atengué la reunió dels barons, on es decidí la disposició per a la batalla.

Roger de Foix menaria l'avantguarda, i amb ell restà Cercamón, seguint-lo aquell dia com havia fet la resta de la campanya; el rei En Pere volgué tenir el centre de la batalla; el comte de Tolosa menaria la reraguarda. El rei, de bon humor, i potser un mica massa, a causa de la nit de festa passada, canvià per joc la seva armadura per la d'en Miquel de Luèsia.

Quan tot just els cavallers catalans es disposaven a posar-se en marxa, Simó de Montfort, fent gala de la seva reconeguda audàcia, sortí a la desesperada de la ciutat i es precipità a galop tirat sobre la host contrària. La fulgurant i inesperada aparició dels enemics dificultà la formació correcta de la host catalana. Arribà un moment en què el cos menat pel rei es veié voltat per tots costats de guerrers enemics. Dos cavallers francesos, Alain de Roncy i Florenci de Lille que s'havien desafiat a qui d'ells donaria mort al rei d'Aragó, per assegurar d'eixa manera la victòria, es dirigiren contra el cavaller que duia les insígnies del monarca, obrint-se camí a través dels combatents. Es defensà Luèsia com va poder, però Alain no tardà a reconèixer que el rei En Pere era millor cavaller i abandonà Miquel de Luèsia cridant: «Aquest no és lo rei d'Aragó.» Pere II, que no era lluny, picà el seu cavall cridant a la vegada: «Vet ací el rei.»

Brandant un mall turc, desmuntà el primer cavaller franc, però amb la vehemència de la seva arrencada va separar-se dels seus i es trobà voltat de francesos. Matà i ferí com un senglar acorralat, però no pogué mantenir la força dels seus contra l'envestida franca. El comte de Tolosa, una vegada més, va dubtar en el moment en què havia de llançar-se a la batalla i el seu retard resultà fatal per a la sort de la jornada: l'exèrcit occità es trobà partit en dos per la cavalleria del de Montfort, i aquest tall fatídic es produí en la pròpia carn del rei d'Aragó que menava el centre. Veient el dia perdut, el rei En Pere obrà seguint la divisa de la seva nissaga: «Morir o vèncer.» I així fou: morí a Muret perquè no pogué vèncer.

Cercamón, que havia acudit en la desbandada cap al cos de l'exèrcit del rei, veié com Pere II era abatut i ferit mortalment pels francesos: una foscor li envaí el cos, sentí per primera vegada a la seva vida el desig de matar; era com una capa negra i fosca que l'anava cobrint, com onades d'una enorme mar d'aigua negra que el cobria, gelant-li el cos, deixant la cara rígida, les faccions immòbils, els ulls clavats en un sol pensament: «vull matar, vull matar», repetit com si un timbal de dos cops bategués dintre seu. Després rossolà com si toqués una paret llisa contínua, impenetrable i sense escletxes, que no podia travessar i que apretava tot lliscant cap a l'home que havia escollit per occir. El matà d'un tall d'espasa assestat de costat: l'home va caure com un sac de parracs, i ell restà estàtic, mirant com brollava la sang, mentre la batalla s'acabava de perdre.

La mort del rei fou el senyal de la desbandada: els comtes de Tolosa, Foix i Cominges es donaren a la fuga, arrossegant amb ells les restes de la cavalleria, que es desbandà i fou perseguida pels croats, morint-ne gran part. Els infants de peu, passerells vilatans que havien pres les armes sense experiència militar, en veure's abandonats pels seus caps, s'arremolinaren en lamentable confusió i es deixaren exterminar pels cavallers de la Creu.

Simó de Montfort, com a hàbil general que era, es posà al capdavant de la reraguarda, marxant lentament en ordre de batalla per mantenir les seves tropes que s'havien dispersat en persecució del fugitius, a fi que, si els enemics es reagrupaven, els seus trobessin una retirada segura al costat seu. No fou necessària aquesta precaució: la desfeta dels aliats era total. Els fugitius que arribaren a Tolosa sembraren la consternació en la ciutat rosa, que no tardà a rendir les armes al croats, i tal fou l'afany per fugir, que molts es llançaren al Garona per passar-lo nedant, i hi moriren ofegats.

Roger de Foix i Cercamón fugiren vers el sud amb Arnau de Castellbò, pensant de refugiar-se a la cort del vescomte en la seguretat dels Pirineus. El comte de Tolosa buscà refugi cap a Aquitània i Anglaterra. De quinze mil a vint mil homes moriren, els altres passaren a Catalunya; alguns arribaren a la cort de Castella. El nord triomfava amb l'espasa de Montfort; els designis de Blanca i la venjança del papa coincidiren a voler anul·lar la civilització dels trobadors i els càtars. D'aquesta immensa, deplorable, fatídica desfeta un 12 de setembre de 1213 arrencà el naixement del país que no va ésser.

XXI. La Inquisició: Domingo de Guzmán i Francesc d'Assís a Roma

El rei francès Felip August no volgué mai aprofitar la invasió del sud per annexionar els territoris a la corona de França. El seu fill Lluís VIII hagués continuat eixa política si no s'hagués casat amb Blanca de Castella. Es pot dir sense faltar a la veritat que fou l'ambiciosa regina i no el seu marit o el seu fill Lluís IX qui assolí l'annexió del sud a la corona francesa. A més de provocar una nova croada menada pel mateix rei, el seu marit, utilitzà totes les armes de l'astúcia diplomàtica i, especialment la coacció religiosa, per assegurar la caiguda, més tard o més aviat, d'Occitània als filats de la seva teranyina.

Decidida a arrancar la resistència d'allà on més profundament s'arrelava, dirigí els seus atacs contra càtars i trobadors: l'ànima i la veu d'Occitània, que devien ésser purgades i tallades per l'acció religiosa. Per tal d'aconseguir-ho convocà el fidel Domingo de Guzmán a la cort de França i li exposà els seus designis.

—La desposessió d'Occitània està costant massa esforços a la casa de França: el sud és un pou sense fons que absorbeix les nostres influències sense assimilar-les; són molt seus i no canvien de cap manera els costums liberals, eixa moral laxa i el seu esperit bla i sensual. Els trobadors i la cortesia amorosa perpetuen costums mòrbids que contrarien l'austeritat nostra. D'altra banda, els càtars fomenten la independència espiritual, és a dir, de pensament, envers Roma i, de retruc, envers França en la persona dels bisbes i abats addictes, nomenats per nosaltres.

»Vull que desarrelis l'heretgia a Occitània, Domingo, i que els trobadors emmudeixin al preu que sigui. Simó de Montfort conquerí les terres amb sang i foc; si és necessari arrenqueu les ànimes de la mateixa manera.

Domingo, envellit per l'activitat incansable que portà en aquells anys de croada i guerra, de sobresalts continus, caigudes i represes, insurreccions, capitulacions i retractaments, volgué protestar contra la insinuació de la violència per a dirimir qüestions de l'esperit. La seva ànima fanàtica, però magnànima, no volia acceptar una lluita desigual amb els càtars que predicaven l'amor; ell els oposava el rosari, l'oració, la seva pobresa, però d'això a entrar en la violència no hi veia cap justificació.

Blanca, que coneixia els homes a cop d'ull, endevinant els ressorts que s'havien de tocar per a reunir-los al seu propòsit, notà els dubtes i la lluita que s'establia en l'ànima de Domingo i esperà silenciosa i segura la resposta d'aquell home que l'amava amb cos i ànima, encara que ell clarament no ho sabia. Ella sí, però.

Domingo, arrossegat, emportat per un sentiment que escassament coneixia, car no es corresponia amb l'embolcall de les devocions, austeritats, meditacions i vigílies, un sentiment dolç i delicat, de completa benvolença vers Blanca, que ell no sabia controlar ni definir, però que s'envolava del seu cor vers la regina, emplenant-li el cor de dolçor i d'ardorosa feblesa, es deixà emportar per aquesta fascinació i com l'ocell que s'atansa piulant cap a la boca de la serp que l'encisa, s'inclinà vers Blanca besant-li la mà que ella li allargava.

—Sóc el vostre devot servidor i faré el que maneu. Aniré al papa a recaptar poders.

—No vull que això quedi en mans de bisbes i abats, paisans i de vegades parents dels mateixos càtars. Has d'obtenir un control directe de l'extirpació, sense sotmetre't als bisbes, responent solament a Roma dels teus actes. Jo m'entendré amb el papa.

Amb contradictòria convicció partí Domingo cap a Roma per assistir al concili convocat a Laterà per afermar la posició de l'església envers l'autoritat local de bisbes i abats, i la repressió d'heretgies, possibilitades per la descentralització de l'autoritat i diversitat de doctrines. Roma era concorreguda per nombrosos prelats de bigarrats seguicis, amb un dels quals arribà Domingo acompanyant el braç dret de Blanca, el cardenal de Sant Àngel, legat pontifici a l'Occitània. Domingo no es trobà a gust en aquell luxe de catifes alarbs, tapissos acolorits, mobles envernissats i olorosos, viandes abundants i farcides, llits tous i begudes carregades i calentes de què gaudia el cardenal, i fugí a cercar un lloc on poder trobar espai net i despullat per acollir la seva carn mortificada en austeritat.

Aquella nit Domingo tingué un somni: Jesucrist, assegut en una trona de jutge, brandava tres llances com si anés a traspassar el món; la seva mare santíssima intercedia i li presentava com a garantia de la conversió mundial dos homes; en un dels dos es reconegué Domingo, l'altre, no l'havia vist mai. Despertà inquiet al punt de la matinada amb aquella grisor a la boca que se sent després de dormir poc i sobtadament en la humitat d'una platja. Es dirigí, sense cap intenció determinada, vers la ciutat. Roma despertava com una matrona ben conservada, plena d'afaits ocres i violacis i abillada amb gastats vestits sumptuosos apedaçats amb parracs d'èpoques diverses.

Voltant per Roma arribà en una petita plaça tancada per la imposant façana d'un temple romà revestit amb imatges cristianes. Atret per un misteriós pressentiment, travessà les columnes del pòrtic i penetrà a l'interior.

El cop fou enorme: un espai mai vist el transportà en vol instantani fora del temps que allí es convertia en espai. La llum, penetrant directa per l'immens lucernari, tallava la rodona ovalada del lloc amb un glavi blanc, eteri i resplendent, premonició d'una aparició imminent que no es produïa, però que era potència i tensió, emplenant la cúpula el·líptica del misteri d'allò que sembla a punt de passar i no es manifesta.

Enlluernat per l'espai màgic com dins l'ou primordial, un forat zenital invitant l'ànima a pujar per graons de llum, Domingo descobrí vagament, rera la declinació del raig, emboirada i aureolada pel polsim de llum, una figura agenollada orant en profund recolliment. S'atansà per mirar-lo, el desconegut alçà els ulls que es fixaren per un instant en els de Domingo: era la mateixa mirada angoixant reflectida de l'un a l'altre com dos miralls que es miressin perplexos. Els ulls els feren germans, puix ambdós saberen a l'instant que la seva solitud en aquell lloc era fruit d'una angoixa.

Quan el deconegut s'alçà i es pogueren distingir les seves faccions, Domingo féu un pas enrera, astorat, puix se li presentava en carn i os la mateixa figura que la Verge Maria li aparellà en somnis. Profundament commòs, quasi amb llàgrimes als ulls que no deixaven de reflectir els de l'altre, li digué:

—Qui ets, dolç solitari, que com jo busques la solitud en aquest indret insòlit?

—Sóc Francesc d'Assís, de la Toscana, i sàpigues també, estranger amic, que el lloc on em trobes fou construït per un home savi del teu país, l'emperador Adrià, el qual canvià la faç de Roma i li donà la gran època que gaudí eixa turmentada i tèrbola ciutat.

—¿I, com sabeu, jove misteriós i dolç, que jo sóc del país d'Adrià, l'emperador ibèric que pacificà Roma i entrà en el goigs de Grècia?

—Que us trobaria, m'ho ha revelat un somni aquesta nit mateixa, i per això he vetllat ací, esperant vostra visita.

Sentint el toc providencial i el calfred del destí, Domingo obrí sense barreres el seu cor al jove suau i apaivagador que li estava predestinat.

—Sou encisador, jove solitari, i ple de melangia: un neguit semblant al meu us guia fins aquí. Vós teniu a les nines dels ulls un raig de compassió joiosa que només he vist als ulls dels bons homes. ¿Què us pertorba, quin neguit us posa, com a mi, entre dues devocions contraposades?

—Sóc fill d'un mercader en una pròspera ciutat toscana; abandonant casa, honor i riquesa, partí al camp on després de mesos de solitud amb la natura, que m'obrí les orelles perquè escoltés el cant dels ocells i la parla de les bèsties, vaig reunir un grup d'amics amb els quals vivia la vida de pobresa dels primitius cristians, enmig de la naturalesa; guanyàvem el pa amb la suor de nostres mans i, de tant en tant, resàvem, predicàvem, ajudàvem la gent. Tal fou nostra requesta que el papa m'ha cridat a Roma per formalitzar el meu esperit en un orde regulat i sotmès a l'església. I jo no vull això: la regla i la forma, no diguem ja la jerarquia i l'autoritat, destruiran el nostre esperit que tot ho fa sobre la marxa.

—Jo tinc encara una càrrega més feixuga: he de combatre el pur amor crestià amb la delació, la tortura, el foc i la força. Tota la meva vida de caritat s'és capgirada devers una organització satànica de violència i repressió.

—Però, Domingo, com pots convertir per la força els hèretics de la terra dels trobadors quan ells prediquen l'amor? L'amor sols es guanya amb amor, i és amor qui crea al seu entorn el xuclador d'aigües tèbies que gira les voluntats dels altres. L'amor mai no pot ésser combatut per l'odi, és una lluita perduda. Amor es guanya amb amor. En canvi, l'odi mai no s'atura per l'odi, l'odi només s'atura amb amor.

»Jo sóc, Domingo, deixeble de trobadors, he après d'ells que tot és viu i ens parla amb el llenguatge dels ocells; jo sé parlar amb ells. Els ocells, Domingo, no parlen de res amb paraules d'home, sinó en el verb primordial que és el so de l'emoció i l'enteniment directe de les coses. L'amor dels trobadors, Domingo, és l'amor del món per ell mateix, és l'amor que manté unida la matèria i colliga els moviments de l'univers, els astres als seus llocs. Jo parlo als ocells, Domingo, la seva llengua del cel. Recorda aquell cant de Bernat de Ventadorn:

Tan ai mo cor ple de joya
tot me desnatura
tan ai al cor d'amor
de joi o de doussor
que'l gels me sembla flor
e la neus verdura
Anar posc ses vestidura
nutz en ma chamiza
car fin'amors m'asegura
de la freja biza.

—Però, Francesc, per caritat, el cor se'm trenca en veure els teus ulls blaus, clars i tendres parlant aquest llenguatge sense paraules. Ocells volen a mi dels teus ulls lluents i tendres. No em diguis més, jo conec l'amor de Déu però no trobo joi en la natura, res em desnatura si no és la renúncia ascètica vers Déu.

—Mira la llum, Domingo, parpelleja i torna a mirar: la llum que ara veus ja no és la d'abans i la que era ja mai no tornarà. Mira així els semblants de les gents entre el polsim d'or de la llum ponent, i nota quanta gràcia i bellesa s'aferma en els rostres. ¿Com pots no veure la inexhaurible formosor del món?

—Prou que la veig, Francesc, fins i tot més que no voldria; el meu cor és presoner de la bellesa d'una regina. ¿Com vols que em deixi anar o que aparti un moment els ulls del cel? Estaria més perdut encara. Res no tinc a fer en aquesta mena de món i ara, a més, he de cremar i fer de jutge als qui fins ara he predicat l'amor cristià. Deixa'm, germà Francesc, jo no he nascut per a la joia del món, sinó per a senescal de la mort i l'horror, del qual jo mateix m'esgarrifo.

—La pau sigui amb tu, germà Domingo; que el sublim Adrià t'inspiri el geni de la raça per a recobrar el gaudi del viure; ell en va saber molt, de viure, sempre anà a les fronteres per cercar la llibertat i la trobà sovint, donant al món una estabilitat com mai no es conegué. Pensa: qui féu aquest panteó fou un home capaç d'estabilitzar el món i que amava la vida. Quan tornarà un temps i un home així?

—Sento en la teva veu, Francesc, tals accents de sinceritat que adoptaria les teves paraules si tota ma vida no hagués predicat l'oposat. Tu i jo tenim les mateixes intencions, però les assolim per vies contràries; tu com els trobadors, per la joia del món; jo, com els pares del desert, per la renúncia austera de la natura i l'ascesi del pensament.

—Un dia, Domingo, naixerà un pensament de la joia que l'home sent davant la natura: serà una gaia ciència fruit de la meravella dels ulls i del cor davant la formosa complexitat de la natura; i la ciència, que és recerca de la veritat, trobarà sense voler la bellesa que és la forma sensual de la veritat i això ens portarà a la bondat que és l'estat d'ànim dels qui, cercant la veritat, senten la bellesa.

»I, ara, germà, dóna'm la pau, que els teus braços i els meus s'enllacin per un instant en bondat, cercant cadascú la veritat a la seva manera, sota la mirada d'aquest espai circular que conserva tota la bellesa serena del món antic, quan els homes eren germans de la natura.

La llum zenital anà girant mentre els dos homes debatien tot compartint les seves angoixes; la immensa cúpula del Panteó reverberà les veus suaus mentre l'espai ondulava entorn seu al so harmoniós de les seves ànimes. Domingo recità amb Francesc eixes divines paraules:

Lloat siguis, Senyor, amb totes les teves criatures
especialment monsenyor lo germà sol
el qual jorna i il·lumina per tu;
i és bell i radiant amb gran esplendor;

de tu, Altíssim, porta significació.
Lloat siguis, Senyor, per la germana lluna i els estels
que al cel heu format clars, preciosos i bells.
Lloat siguis, Senyor, pel germà vent
i per l'aire serè i tot temps
amb el qual dónes a les criatures sosteniment.
Lloat siguis, Senyor, per la germana aigua
la qual és molt útil, i humil i preciosa i casta.
Lloat siguis, Senyor, pel germà foc
pel qual il·lumines la nit
i és bell, joiós, robust i fort.
Lloat siguis, Senyor, per nostra germana la mare terra
la qual ens sustenta i governa
i produeix fruits diversos, amb flors acolorides i herba.
Lloat siguis, Senyor, per la germana mort corporal
de la qual cap home vivent pot escapar.
Lloeu i beneïu el Senyor i regracieu-lo
i serviu-lo amb gran homitat.

Innocenci III va rebre una vegada més Domingo. Havia envellit considerablement i els seus ulls terribles, que mai no s'esborraren de la memòria de Domingo, lluïen ara com espurnes, com els ulls d'una fura dins un cau fosc de conills; el seu coll gruixut era envoltat de pells gastades que semblaven emplenar l'aire d'una fortor seca de pèl mort i cuiro de guineu. El papa féu alçar Domingo i l'acollí amb interès tot i la seva habitual inevitable severitat, que era quasi furor mal contingut.

—Hem tingut un somni, on vós, Domingo, sosteníeu amb les vostres espatlles la basílica de Laterà, que era a punt d'esfondrar-se damunt meu. No cal dir que la vostra provada lleialtat, els incansables esforços per a convertir els càtars, i les demandes de la vostra regina Blanca, confirmades providencialment per aquest somni, em predisposen a concedir allò que ella em demana en els documents que m'heu fet arribar.

»Per tant, disposo que en aquest Concili de Laterà es

condemni els heretges valdencs, càtars i de Berengari, que els heretges recalcitrants s'abandonin al braç secular per rebre just càstig de les autoritats civils i es llanci excomunió contra fautors, encobridors i protectors de l'heretgia, així com envers els prínceps i senyors temporals que romanguin passius davant els excessos dels sectaris.

»Que es dicti un Reglament, reiterant als bisbes l'obligació de visitar anualment el territori de la seva diòcesi, disposant l'existència de jutges especials perquissitors per tal de descobrir els heretges i agir contra ells de tres maneres: per acusació formal provada segons Decret; per denúncia, mitjançant declaració jurada de tres persones d'honradesa i bona opinió i fama reconeguda; i d'ofici, per inquisició o perquisició, donant a l'acusat coneixement dels càrrecs i permetent-li ampla defensa.

»En execució dels acords del Concili, designo com a delegat meu, inquisidor especial, investit amb funcions judicials, Domingo de Guzmán, perquè ell i el seu orde portin a terme l'exterminació de l'heretgia pels mitjans aquí arbitrats.

Domingo escoltà eixes paraules com una sentència de mort per als seus ideals d'amor cristià. ¿Com acceptar aquell paper de jutge violent i botxí perseguidor, com predicar el rosari, la devoció i la fraternitat, havent de pujar després al tribunal aïrat per la delació envejosa, la denúncia sòrdida i la inquisició vergonyosa dels germans en Crist, encara que esgarriats, germans, com homes que eren? Però, ¿no coneixia ell els angoixosos, humiliants rosegadors abismes de la duplicitat? ¿No havia amagat el seu amor per Blanca sota el mantell màgic de la Verge? ¿No havia inventat les lletanies per enlairar la seva adorada regina com mai cap trobador enaltí una dama? Ara calia fer igual: buscar un cobertor, no per jauzir amb la seva dama, sinó per ocultar el crim horrible de lesa humanitat que el papa i Blanca li demanaven. Amb el cor desfet, negant la seva ànima, implorà:

—Jo acato les decisions del Sant Pare; sóc el vostre humil servidor, però deixeu almenys que us faci una demanda.

Innocenci i el sínode el miraren astorats; es podia sentir el xivarri d'orenetes per damunt de les teulades de Laterà, introduint la cega alegria natural dins l'ominós sinistre silenci tallant que acollí les paraules de Domingo.

—Disposeu que sigui el braç secular qui doni càstig als heretges. Jo i els meus només podem establir la seva culpabilitat: del que es faci després, jo me'n rento les mans.

I sense esperar la contesta del papa, destrossat per la duplicitat i la covardia, horroritzat de la seva pròpia hipocresia, Domingo es desplomà plorant, amagat en la caputxa i veient dins del cor la imatge de Blanca als braços del cardenal de Sant Àngel. En aquell moment desitjà la mort i sabé que aviat moriria; com a única imatge consoladora en el buit profund del desconhort, s'imaginà, com fan els amants desesperats de recuperar l'amor de la seva amada, un gest que almenys arribés al cor d'aquella: es veié a si mateix, en el llit de la mort, proclamant solemnement que moria verge. Així ho decidí ofuscat en aquell moment de follia i així ho va fer, anys més tard, arribat el moment, quan morí, voltat de frares, revelant solemnement la seva virginitat i emportant-se el secret del seu fin amors, mai no realitzat, però mai no exhaurit, per Blanca de Castella.

XXII. La revifalla

Davant la despossessió dels sobirans occitans després de Muret, multiplicada pels horrors de la inquisició, que aviat fou aprofitada per alimentar odis i venjances personals i familiars, el suport dels catalans de l'altra banda dels Pirineus envers els cavallers faidits expulsats d'Occitània va anar creant a poc a poc un moviment de resistència i reconquesta, de la qual foren ànima Roger de Foix i la seva mare Ermessenda, comtessa de Foix, vescomtessa de Castellbò, filla d'Arnau, casada amb Roger Bernat de Foix. Des del seu reducte pirinenc de Castellbò, Ermessenda fou el braç executor del seu pare Arnau en el reagrupament de les forces del país per expulsar el francès de les terres de la nissaga d'Asnar l'ibèric i Bel·ló de Carcassona, llinatge comú ancestral de tots els senyors d'ambdues bandes del Pirineu, de l'Ebre fins al Roine, de Catalunya i Occitània, la família dels reis d'Aragó, comtes de Barcelona, bisbes d'Urgell, comtes de Carcassona, ducs de Narbona, marquesos de Provença: tots emparentats en un moment o altre, les sangs barrejades com les dels íbers, lígurs i sards que formen l'origen comú d'aquest país mediterrani a les dues vessants del Pirineu.

Tres anys després de Muret el jove comte de Tolosa Raimon VII desembarcà a Marsella, assetjà i prengué Bellcaire i marxà vers l'oest. Simultàniament, Roger de Foix amb reforços catalans reunits per Ermessenda a l'altra banda dels Pirineus, marxà vers el nord. La ciutat de Tolosa es revoltà, Simó de Montfort l'assetjà, però enmig del combat, unes dones que manejaven una catapulta el veuen i, dirigint els rocs contra ell, l'encerten amb tanta punteria que li esclafen el cap d'una pedrada.

Occitània ressuscità, el crit ressona per tot el país meridional, cantat pels trobadors, repetit per les mares als infants de bressol, cridat als carrers per les poblacions que obren les portes als seus antics senyors:

Montfort és mort, és mort, és mort!
tornats són paratge e honor.

Roger de Foix acompanyà el seu protegit Raimon Trencavell a reprendre possessió de Carcassona; Raimon VII comte de Tolosa és rebut amb llàgrimes d'alegria pels ciutadans, i Arnau de Castellbò retorna al seu poble per morir en pau i joia voltat de la seva família: la seva filla Ermessenda i els néts Roger i Esclarmonda de Foix. Cercamón, que no havia deixat mai d'ésser al costat d'Arnau, llevat de quan acompanyava Roger, es consagrà al servei d'Esclarmonda amb el permís de Roger quan el vell vescomte morí. Ermessenda tornà a Foix i s'obrí una primavera meravellosa on els trobaires cantaren de nou l'arribada del temps clar i les dames obriren corts d'amor.

Com el curt estiuet de Sant Martí, a cavall entre les pluges de tardor i les neus d'hivern, la cort de Foix conegué dies de joia i repòs: Guillem de Tudela hi compongué i cantà la cançó de la Croada, Raimon de Miravall, el vell cavaller, davallà el turbulent camí del seu castell d'Orbiel per venir a cantar els amors d'Alfons el Cast, rei i trobador, a la bella vescomtessa Adalais; Bernat de Ventadorn i Pere Vidal de Besalú encara es retrobaren, amb joia immensa de Cercamón, a la cort d'amor i cortesia de Foix.

Bernat dirigí al seu deixeble una mirada sostinguda, com si volgués distingir alguna cosa sobre el seu cap, l'abraçà amorosament, i digué:

—Has viscut molt en pocs anys, Cercamón; has vist, com els predestinats, un cercle massa ample de coses bones i dolentes, però encara no has arribat al fons. Encara el teu amor pot ésser més fi i només te'l depurarà el dolor. Sofriràs immensament, Cercamón; els anys que vénen i que jo ja no veuré, seran esgarrifosos, res comparable a tot el que has vist fins ara amb tot el seu horror. Tu sobreviuràs per a contar-ho als teus paisans de temps vinents; però enmig dels sofriments s'encendrà la llum del fin amors que tan desitges: tu has cercat el món per a trobar-lo, i el trobaràs en la llum del món, en el moment de la màxima tenebra i sofriment. Perdona eixes paraules fosques en aquest temps de gaudiment, però sóc el teu amic i et dec la veritat. No abandonis N'Esclarmonda: ella és la teva llum.

Efectivament, la predicció no es féu esperar. Blanca de Castella es captà l'ajuda incondicional del nou legat papal, el cardenal de Sant Àngel, el qual rebutjà tota temptativa de conciliació religiosa de Ramon de Tolosa. Instigat per Blanca, declarà el comte enemic del rei i, cosa encara pitjor, de l'església: això significava l'excomunió i l'excusa per a una nova croada, és a dir, una segona invasió del sud pel nord. La reina envià el seu marit Lluís VIII a combatre els occitans. Només Avinyó resistí, la resta de ciutats meridionals es rendiren davant l'exèrcit de cent mil homes portat pel rei de França. Faltava prendre Tolosa i, com sempre, l'últim reducte dels càtars: Foix, el Pirineu, els països catalans aïllats en els seus nius d'àligues, llunyans, altívols, inassolibles, pirinencs.

Comprenent que la conquesta armada del comtat de Tolosa exigiria molts sacrificis, Blanca convocà el comte Raimon VII a Meaux per parlamentar. El tolosà, com si es tornés boig per moments, acceptà condicions més deshonroses que les acceptades pel seu pare. Portat a París per a un acte públic d'absolució, s'agenollà davant el legat del Papa i en el moment en què aquest aixecava la mà per fer sobre l'excomunicat la benedicció conciliadora, el comte, que anava vestit només amb camisa i era observat amb burla per la turba parisenca congregada davant de Nôtre Dame, esclatà en un angoixosa rialla de desesperació, humiliació i ràbia semblant a l'udol d'una bèstia ferida o d'un boig xurriaquejat.

Però pitjors eren les clàusules de la seva rendició incondicional: casar la seva filla, única descendent dels comtes de Tolosa, amb el germà del rei de França; això i el lliurament i enderrocament de castells i fortificacions, fins i tot Tolosa, posava Occitània en mans dels francesos com una fruita madura que només calia esperar que caigués.

Ermessenda rebé la notícia del tractat de Meaux com una ferida incurable: Occitània estava ara irremeiablement perduda; en la carta del tèrbol Raimon VII al seu marit Roger Bernat II de Foix, ella pogué llegir entre línies tota la covardia hipòcrita i la debilitat congènita del malaurat Tolosa:

«Ramon, per la gràcia de Déu comte de Tolosa al noble Roger Bernat, comte de Foix. Gaudim dels béns temporals per tal de no perdre els eternals. Vós sabreu que, vinguts a França per conversar amb nostre venerable i estimat pare Romà, cardenal-diaca de Sant Àngel, legat de la Seu apostòlica i del nostre volgut senyor, il·lustre rei de França, ens hem apartat, per consell del comte de Xampanya i d'altres amics, de la forma del tractat de pau que us havíem mostrat, i que ens hem sotmès absolutament a les voluntats del rei i del cardenal; veritablement hem aconseguit una pau molt millor que no la que hauríem tingut altrament.

»Pel que us pertoca, hem parlat diligentment amb ells i hem treballat força, com us ho pot dir el nostre estimat comte Cominges, cunyat vostre, però no hem pogut complaure-us completament. Tanmateix, per recomanació nostra, el senyor cardenal envia a la vostra intenció i amb plens poders el nostre venerable i estimat pare i mestre Pierre de Colmieu de qui ens consta, per la nostra part, per proves nombroses i assenyalades, la indústria, la sol·licitud, la diligència, benignitat i misericòrdia. És per això que, confiant en la vostra prudència, us advertim i us supliquem de fer tots els esforços possibles per veure'l i de plegar-vos als seus consells i ordres. Estigueu cert que si, com nosaltres, consentiu sense dificultats, el vostre afer arribarà, amb l'ajuda de Déu i la nostra, a una molt bona fi. Donada a París, la festa de Sant Marc evangelista, 25 d'agost de 1229.»

Ermessenda, indignada per la traïció de Raimon de Tolosa, féu part a Roger Bernat de la gravetat de la situació, abandonats ells com a únic reducte lliure de la pàtria occitana; li proposà de resistir o retirar-se a casa d'ella, a Castellbò, per demanar al rei d'Aragó, el rei En Jaume, l'única ajuda que ja els cabia esperar. Roger Bernat decidí resistir fins al final.

—No abandonaré —digué el comte a Ermessenda— ni la meva fe ni el meu partit. Semblaria que cedeixo a la por més que a la raó. Jo no haig d'ésser vençut ni per la seducció ni per les armes, sinó només per la veritat. Que vingui aquesta tropa de captaires de la creu amb què m'amenacen, i jo els faré penedir-se.

La seva magnanimitat resplendent de candor moral encarnava l'ideal del cavaller cortès i esforçat. Per això quan els seus súbdits el pregaren d'anar a parlamentar amb els homes francesos i legats del papa que venien a ocupar les seves terres, quan els legats invasors del nord li demanaren que se sotmetés al papa, Roger Bernat esclatà amb veu suau, però amb el cap alt, com els íbers:

—El papa? En què l'he ofès jo, el papa? Si és per la guerra, hem estat atacats i he combatut per la meva independència. Si és per la religió, ell no té dret a ficar-s'hi, cadascú és lliure d'escollir-la. El meu pare em va recomanar sempre eixa llibertat, a fi que, mantenint aital postura, si mai el cel caigués, pogués mirar-lo amb ull serè sabent que no em podria fer mal. No és pas la por que em fa cedir a les vostres passions i que em fa llençar en terra la meva llibertat per fer-ne fum i cendra, segons el vostre gust; és només impulsat per generositat i benvolença envers els meus vassalls i davant la ruïna del meu país, desitjant de no ésser tingut per l'eixelebrat botafocs de l'Aquitània, que jo em sotmeto a aquesta extremitat. Altrament seria jo una muralla inexpugnable i sense bretxa contra l'audàcia dels meus enemics.

Un tractat, però, fou signat i Roger Bernat anà a França a confirmar els termes amb la reina Blanca i el cardenal legat Romà de Sant Àngel, que no s'apartava del costat de la reina. Aquesta exigí, inesperadament, que Roger cedís també el castell de Foix i li donà a canvi unes rendes sobre terres que havien estat dels seus.

El retorn a Foix fou lúgubre i desconhortat; la comtessa Ermessenda emmalaltí en conèixer la trista nova de l'espoliació del castell que era la seva casa; decidí de retornar a Castellbò per morir prop dels records feliços de la seva infància. La neu tapava el Pas de la Casa i els colls d'Andorra; no podent creuar a l'altra vessant dels Pirineus, s'aturà a Tarascó, on anys abans es casà amb Roger Bernat i allí dictà testament:

«Jo, Ermessenda, detinguda per una greu malaltia, però gràcies a Déu, sana d'esperit, de memòria i de paraula, faig el meu testament. Dono la meva ànima a Déu i el meu cos al convent dels monjos de Sant Joan de Jerusalem a Costoja, on és enterrat el meu pare. Al meu marit Roger Bernat, l'usdefruit del meu vescomtat de Castellbò. Al meu fill Roger, el domini d'eixes terres catalanes. I a la meva filla Esclarmonda, deu mil soldes sobre les rendes d'Andorra.»

Cercamón fou enviat a cercar Gilabert de Castres per assistir espiritualment la malalta. Avisat per Cercamón, que el trobà a l'amagatall de les coves de Bedallac, el perfecte acudí a Tarascó i administrà el consolament a Ermessenda; els vots, el llibre, la imposició de mans, foren seguits i compartits amb devoció pels últims brots lliures de la casa de Foix. Després, dolçament, en braços de Gilabert de Castres, i davant els ulls emboirats d'Esclarmonda, els de Roger i els del poeta Cercamón, Ermessenda de Foix, vescomtessa de Castellbò, reté la seva ànima.

XXIII. Lo rei En Jacme

Roger Bernat de Foix, el seu fill Roger, Esclarmonda, Cercamón i els altres cavallers faidits desposseïts per la Reina Blanca, esperaren que les neus es fonguessin per creuar el Pirineu vers Castellbò. Per Andorra i la Seu, seguint l'estret camí que voreja la Valira, creuant els ponts lleugers i esvelts de pedra amb una sola arcada, arribaren a Castellbò quan les primeres flors apuntaven en els arbres. Allí reposaren i la lluna plena de maig, quan canten els rossinyols en la nit clara, encara els trobà estupefactes, anorreats, astorats com els supervivents d'una allau que no saben retrobar el camí ensorrat darrera d'ells. L'única salvació eren els catalans; molts faidits, a més a més, eren a la cort del rei català i lluitaven en les conquestes del batallador i victoriós Jaume.

Roger Bernat de Foix era a Castellbò esperant el moment propici per visitar el rei Jaume, quan arribà riu amunt pel camí de la Seu un inesperat i consirós grup de cavallers, dames i trobadors, com vinguts de l'altre món, aparició inversemblant i fabulosa per la qualitat i el renom dels components. Era el jove i dissortat vescomte de Carcassona, Ramon Roger Trencavell, a qui el comte de Foix havia adoptat i protegit quan Montfort assassinà el seu pare. Roger acollí amb emoció aquest amic, germà d'infància, exiliat i desposseït com ell, cercant la protecció de l'únic monarca capaç d'aturar les ires de França.

Amb Trencavell arribà un nombrós grup de cavallers, trobadors i dames, els noms dels quals sonaven com ecos resplendents, fulgors apagats dels millors dies d'Occitània. Pel port de Pimorent havien passat a Cerdanya. Puigcerdà fou el seu primer descans, continuaren vers la Seu d'Urgell passant els camins traçats per Oliba i els ponts del bisbe Ermengol. A la Seu reposaren en el palau del comte d'Urgell i seguiren camí de Castellbò on foren acollits amb melangiosa joia pels senyors de Foix i Castellbò.

Obrien el malaurat seguici de Trencavell els senyors de Termes, Minerva, Cabaret, el venerable Bertran de Saissac, batlle de tots els estats dels Trencavell, tutor del pare que fou enverinat per Montfort i ara conseller del fill del seu pupil, regent probe i sever que admetia la llibertat religiosa, el germà del qual, el cavalleresc Oliver de Saissac, flor i mirall de trobadors, havia esposat la famosíssima Ermengarda de Castres, anomenada pels trobadors la bella albigesa, germana de Gilabert de Castres, patriarca del catarisme pirinenc. També venien els fills del senyor de Termes, Ramon i Olivier, i el fill dels senyors de Minerva, Guillem.

Tots aquests barons pirinencs anaven acompanyats per les seves mullers, filles, infants, servidors, formant una trista tribu d'exiliats. Les dames eren Loba de Pechnotier, per qui l'esbojarrat trobador Pere Vidal es disfressà una vegada de llop i es féu caçar i mossegar pels mastins a fi de presentar-se així nafrat, esparracat i destrossat davant la seva dama com un llop valerós. Brunissenda de Cabaret, la bella Ermengarda de Castres, la blonda i bellida Adalais de Boisseçon i la dama de Minerva, Gemmaesquiva, perla perduda realitzant el seu nom en el naufragi del món dels trobadors. Dones magnífiques, antany esplendoroses, que havien tingut als seus peus el rei d'Aragó i els comtes de Tolosa, que havien mantingut corts d'amor i donat sentències i lleis per dirigir la cortesia i esmerar el desig vers la gentilesa i el fin amors. Sublimades pel sofriment, dignificades en la desgràcia, envellides pel desconhort i la mort del món que tan curosament alletaren, eixes grans matrones portaven l'infortuni amb la dignitat de diaconesses càtares.

Tancava l'impressionant seguici el tendre i envellit Raimon de Miravall en persona. Cercamón el reconegué immediatament i se li acostà entre trist i joiós, abraçant-lo tendrament i donant-li la benvinguda en nom del déu d'amor. Raimon venia a l'encalç de la seva aimada Brunissenda de Cabaret i portava el seu joglar Bayona a qui un dia havia dit:

—Et veig pobre i mal vestit, però jo et trauré de la indigència, donant-te un sirventès. Vés i canta'l pel Carcasez, hi ha tants barons de preu! Vés a Pere Roger de Cabaret, després a Olivier que et donarà robes de drap fi de Carcassona, canta sobretot per a Bertrand de Saissac qui, encara que no li agradi donar, t'oferirà per amor de mi un cavall de formosa figura.

Que lluny que sonaven aquestes paraules, recordades per Miravall quan Cercamón, a qui havia conegut de joglar, l'abraçava ara com a confrare mestre cantor!

Tots plegats, amb Roger i Cercamón de guies, es dirigiren cap a Saragossa on tenia cort en aquells mesos el rei En Jaume. Foren rebuts al palau arabesc de l'alcassaba, on la frescor dels patis musulmans apaivagà l'aspror de cor dels exiliats, retornant-los per un moment la dolçor de les perdudes terres on celebraren antany corts d'amor. El rei els donà audiència i demanà als trobadors que delectessin la companyia amb les seves composicions. Encara que més jove, Cercamón féu un senyal a Raimon de Miravall i s'avançà vers el rei per cantar-li eixes paraules:

Ab greu cossire
fau sirventes cozen;
Dirus! qui pot dire
ni saber lo turmen
qu'ieu, quan m'albire,
suy en gran pessamen;
non puesc escriure
l'ira ni'l marsimen
que'l segle trobat vey,
e corrompon la ley
e sagrament e fey,
qu'esquecx pessa que vensa
son par ab malevolensa,
e d'auzir los e sey,
ses razos es ses drey.

Tot jorn m'azire
et ai azirament
la meg sospire
e velham e dormen:
vas on qu'm vire
ang la corteza gen
que cridon Cyre
al francès humilmen:
mere an li Francey
ab que veio'l conrey
que autre dreg no y vey
Ai! Toloza e Proensa
e la terra d'Agensa,
Bezers e Carcassey
qui vos vi e qui us vei!
Si quo'l salvatges
per llarg temps mou son chan,
es mos coratges
qu'ieu chante derenan;
e cas paratges
se se vai adevrairan,
e bos linhathes
decazeu e falsan,

e dreys la malvestatz
e'ls baros rebuzats,
valor menon derreira
e deshonor primeira;
avols ricx e malvatz
es de mal heretaz.
Rey d'Aragon, si us platz
per vos saray honratz

Tothom restà astorat en sentir eixes paraules: el rei empal·lidí en sentir el plany esqueixat amb què la seva terra el cridava. Per un moment dubtà, mirant el seu tutor, el Gran Mestre del Temple Guillem de Montrodon; aquest el calmà amb un suau gest dels seus ulls asserenadors i poderosos. Guillem de Montrodon tenia gran ascendent sobre el rei Jaume, puix quan el seu pare el deixà a mans de Simó de Montfort, foren els templers qui el rescataren, educant-lo en les lleis i les armes al castell de Monsó. Montrodon era íntim del seu pare, el difunt rei Pere, a qui fins i tot havia deixat diners. Per un moment semblà que Jaume sentia el crit de la seva sang i anava a prendre les armes per venjar el seu pare i alliberar Occitània.

Però obeint el gest imperatiu del templer, pronuncià eixes paraules amb to d'autoritària invitació:

—La nostra reial voluntat és guanyar l'illa de Mayurca i el sud de l'Ebre. Volem estendre el nostre regne cap a terres de moros, en comptes de passar altra vegada el Pirineu com féu dissortadament el nostre pare. Jo us invito, cavallers faidits, a ajudar-me en aquesta empresa que us portarà honra i terres encara més amables i abellidores que no les que heu perdut a Occitània. Abans d'acabar l'estiu, embarcarem al port de Salou i farem cap a les Balears; el qui vulgui honor i riquesa, que em segueixi, els altres podeu restar sota la meva protecció en qualsevol indret del regne.

Roger, Trencavell i els cavallers es retiraren consirosos davant la negativa del rei, que significava la fi de tota esperança. No tingueren altre remei que anar a lluitar a Mallorca per terres que mai no conegueren, però que amb el temps els haurien de complaure per la benignitat i riquesa. La nova de la negativa del rei girant les espatlles al Pirineu, s'estengué per Occitània com un llampec sinistre.

Inútilment es planyeren, i fins i tot insultaren el rei Jaume, els trobadors, dient-li mentider i covard. Jaume no volgué enfrontar-se amb els francesos i els cedí tots els drets que tenia a la Provença, Montpeller i els territoris ultrapirinencs fins a les Corberes, en el tractat que signà a Corbeil, a canvi que Lluís IX renunciés a tot dret històric franc sobre Catalunya.

Bernat de Rovenhac l'increpà dient-li:

—Rei d'Aragó ses contenda,
deu ben nom haver;
Jacme, car trop vol jazer.

Altres trobadors cantaren d'ell coses més gruixudes, però fou en va: el destí d'Occitània semblava segellat. Alguna raó poderosa impulsà el valerós rei Jacme a lluitar contra el sud per crear un país nou, en comptes de defensar al nord allò que havia estat herència del seu pare i reialme del seu avi, el cast rei Anfós, el país pirinenc, català-occità dels avantpassats, la nissaga dels Belló de Carcassona. Aquell origen llunyà de la seva raça fou oblidat pel rei En Jaume sense que mai els abandonats cantaires de la seva terra arribessin a saber el perquè.

Roger de Foix i Cercamón tornaren desconhortats a Castellbò, on Esclarmonda, en assabentar-se de la inhibició final del rei català, prengué la decisió, llargament covada, de presentar-se a Montsegur, muntanya sagrada dels càtars. Cercamón l'acompanyà fidelment, però sense saber ben bé perquè hi anaven ni què podrien fer allí. Un pressentiment corprenedor, però, s'emparà d'ell quan sentí pronunciar la paraula Montsegur.

XXIV. Montsegur: el qui guanya, perd

Foragitats per la implacable obstinació destructora dels inquisidors dominicans, els càtars més significats, els escollits perfectes i les grans diaconesses que havien pres el consolament, es refugiaren al puig de Montsegur, defensat per Roger de Mirepoix i un grup d'escollits cavallers faidits i homes d'armes catalans.

Esclarmonda i Cercamón feien part dels acollits al santuari de la muntanya; acompanyant Gilabert de Castres, assistiren a la primera cerimònia celebrada al bastió, quan Gilabert predicà i demanà al senyor de la plaça, Raimon de Perella, d'acollir a la protecció de la muntanya sagrada les restes de l'església càtara. Raimon de Perella acceptà i Gilabert li ho agraí en eixos termes:

—Som el caliu d'una foguera que s'extingeix. Vàrem cremar per un moment per tal d'il·luminar el món, ara som cremats per ésser destruïts: el món no vol res de nosaltres i, malgrat tot, el món serà canviat quan hagi acabat amb nosaltres. Com Jonàs a la balena, Occitània és devorada pel francès: és el mitjà més ràpid per a transformar-lo: convertint-se en carn de la seva carn. El qui guanya, perd. I nosaltres no guanyem, sinó que som devorats perquè el bàrbar ens paeixi i assimili com a civilització.

»Per la pau, nosaltres, amb els trobadors i les corts de dames, haguéssim pogut civilitzar el nord. Per la força ells guanyen i nosaltres ens hem de deixar devorar per purificar la violència de la seva sang.

Arribaren els assetjants i els ocupants de Montsegur, quinze cavallers amb escuders i un centenar d'homes d'armes, disposaren la defensa. Els familiars dels defensors, així com els dels càtars refugiats, eren també tancats a la muntanya; cinc-centes persones eren dalt de Montsegur quan arribaren els deu mil homes del senescal francès de Carcassona, acompanyats de Pere Amiel, arquebisbe de Narbona.

Començat el mes de maig, el setge s'allargà peniblement fins que una nit de gener, fresca, fosca i sense lluna, un grup de muntanyencs bascos, fets venir com a últim recurs, s'enfilaren per les parets rocoses del cantó sud, per on ningú no gosava trobar camí. En arribar el dia, ells mateixos restaren tan espaordits que no haguessin pujat si haguessin vist per on s'embrancaven. La posició presa pels bascos era tan propera al castell que, instal·lant una catapulta, els assaltants podien llançar enormes rocs al pati del castell.

Encara resistiren dos mesos els assetjats fins que, fracassada una sortida per atacar la mortífera màquina, Raimon de Perella anà a parlamentar i aconseguí dels exhaurits atacants gairebé totes les condicions que va imposar: els combatents sortirien lliures amb armes i bagatges, tots els qui reneguessin del catarisme, podrien també marxar lliures; els altres serien cremats vius. Obtingueren també quinze dies per preparar-se abans de sortir, en part per salvar el tresor càtar, i d'altra banda per celebrar els ritus de l'equinocci de primavera que s'esqueia dues setmanes més tard.

A l'albada de l'últim dia de treva tots els habitants del

castell es reuniren al pati, sota la cambra voltada de la torre principal i pujaren a dalt de les muralles per acollir la sortida del sol primaveral, segons l'ancestral ritu cèltic que es mantenia al Pirineu en llocs sagrats com Montsegur. El primer raig de sol va travessar el castell, entrant per la porta de llevant i passant exactament pel mig de la porta de ponent. A dalt de la torre principal, a la finestra, il·luminà el pedestal i la copa del grial col·locats a l'eix central de l'estança. Aquests senyals no eren fruit de l'atzar, sinó alineacions calculades pels constructors que bastiren el castell més com a temple del sol que com a fortificació de defensa.

Amb el primer sol es digueren les pregàries i rituals definitius i s'administrà un consolament general, puix tots sabien que eren les darreres hores que contemplarien el sol en aquest món. Tots menys Esclarmonda i Cercamón que, cridats a part per Gilabert de Castres i Bertran d'en Martí, reberen la missió de salvar el tresor càtar. La copa amb la sang de Crist i un llibre secret els foren lliurats amb l'encàrrec de conservar-los fins que aparegués alguna persona digna de rebre'ls, o altrament, abans de morir, sepultar-los en qualsevol pic dels Pirineus, fins que els temps fossin madurs per a ésser retrobats.

—Dintre de set-cents anys, el llor reverdirà i tornarà a volar la coloma —afirmà Gilabert afectuosament—. Vosaltres sou els últims a tenir eixos tresors a les mans fins als temps a venir. Feu com us dic i viviu en pau. Quan tot hagi acabat, marxeu a Catalunya.

Abans d'obrir les portes als invasors, Raimon de Perella prengué Esclarmonda i Cercamón i els amagà en una cova inaccessible a la paret nord del puig de Montsegur. Per arribar-hi, calia baixar amb un cistell despenjat amb cordes des de dalt de tot; portaven amb ells els tresors càtars: un llibre i la copa d'argila contenint restes de la sang reial de Jesucrist, recollida per Josef d'Arimatea, després de la llançada de Longinus. Cercamón portava el llibre dins el sarró, Esclarmonda protegia el grial en els plecs de la seva roba; deixaren el cabàs i s'endinsaren per la cova, seguint una claror llunyana que els portà fins a una altra sortida, un balcó de roca volant sobre els penya-segats, aeri refugi fora del temps, enmig del cel però dins de la roca. Allí posaren els mantells per passar la nit.

A dalt de la fortalesa, els perfectes i fidels es disposaren a baixar vers la mort puix que refusaven d'abjurar el catarisme; els catòlics els esperaven amb una immensa foguera preparada en el primer camp una mica planer que puja la falda vertiginosa del poch. Baixaren cantant els himnes al Paraclet i, abans d'entrar cantant a les flames, es donaren per última vegada la pau. Després, una paorosa sentor de carn cremada s'estengué pels voltants, mentre els dos-cents deu cremats no exhalaven ni una lamentació: el dolor exquisit del sacrifici volgut com a alliberament del món els omplí de serenor amb l'ombra de plaer que hi ha en el dolor i que transforma un extrem en l'oposat.

Esclarmonda i Cercamón, aïllats al niu d'àligues, no veien ni sentien res del que estava passant, però una bafarada d'aire calent i fosc els portà la sentor de la pell cremada. Es miraren sense dir un mot, comprenent massa bé allò que passava. Queia la llum, quan el bosc davant d'ells s'il·luminà en la pols d'or amb què la llum declina; Esclarmonda mirant fixament els ulls del seu amant, digué:

—L'amor, Cercamón, és un difícil equilibri. Tu em vols, però a la vegada has d'ésser desinteressat; m'has d'estimar perquè jo existeixo, però no voler-me tenir. Em podràs també tenir, però no abans de passar l'estat de no necessitar-me. Cerca un estat de disponibilitat, de benvolent direcció o atenció vers mi; cerca un estat de solitud immensa, eternal, el buit infinit obrint-se dintre teu. I quan siguis sol i siguis tot teu, seràs obert sense direcció premeditada; aleshores et trobaràs amb mi i m'estimaràs com estimaràs tota altra cosa: jo, lliure del teu voler, enfront del teu voler sense direcció ni preconcepció et podré mostrar allò que sóc, podré manifestar-me tal com sóc en tota la meva esplendor o mesquinesa. Tu em trobaràs de debò i el teu amor, sense voler, pujarà a altures mai assolides per la voluntat. Serà amor sense voler, quan ho hagis tastat no hauré de dir-t'ho.

—¿Però, com voleu que ho faci així, com he de dirigir el meu esforç, com forçar-me a no voler allò que vull, si m'ix del cor el desig?

—Fin amors, estimat Cercamón, és un esmerar el desig, polir-lo com un diamant, passar-lo a foc, cremar-lo sense consumir.

—¿Però, quina és la pedra i quin el foc per esmerar el desig?

—El desig mateix, Cercamón, el desig de tot, el delit turmentat d'acceptar-ho tot, d'estimar i acceptar. Quan tot es desitja, el desig és global, fort, immens. Frega desig amb desig, com el fuster passa el ribot sobre la fusta, o el picapedrer la punxa sobre el marbre.

—No us entenc. ¿Com puc esmerar desig si no és amb quelcom més fort que ell? Què hi ha de més fort que el desig?

—L'acceptació d'allò que ve. L'acceptació amb joia de l'indesitjat, el treure profit d'allò que ve, sense lamentacions.

—Així, dieu que el desig s'esmera pel no desig que és l'acceptació.

—I, doncs, què és l'acceptació, Cercamón, sinó el desig de tot, el desig global que fa que, vingui el que vingui, sigui benvingut? Els contraris s'uneixen, Cercamón: el no desig és el desig total, l'acceptació joiosa de qualsevol cosa. Pots convertir el que tu anomenes amor en això? Si és així, estàs en el fin amors, a la fi de l'amor, allà on comença l'amor perfecte i el desig és expressat pel delit total que no vol res, perquè ho accepta tot.

Cercamón restà una estona aturat en eixes paraules aparentment contradictòries, però que ell comprengué molt bé; l'energia d'Esclarmonda li comunicava allò que el sentit enrevessat pogués amagar-li. Un buit deliciós s'obrí en el seu interior; ella ho veié i, per primera vegada, féu un gest vers ell, s'apropà i, mirant-lo fixament als ulls, li parlà. Cercamón veié, tan a prop com era, que els seus ulls verds prenien iridiscències daurades i grisenques com gotes de mel i d'ambre.

—Tu saps, Cercamón, com és de pesant la terra: ara nosaltres dins d'aquesta cova sentim el pes del mont immens que ens envolta. Pensa per un moment en la buidor que acabes de conèixer dintre teu; pensa que la terra sent eixa cova com la mateixa buidor que has assolit dins del teu cos. Així sent la terra eixa cova. Perquè la terra coneix l'amor perfecte, la cova no és una pesantor sinó un embolcall acollidor i lleuger, igual com el mar reposa damunt la sorra del fons amb infinita suavitat, sense pesar-li. Així el meu cos pot sentir el teu i tu pots trobar la buidor de la cova dintre meu, en lloc de la pesantor que fins ara has trobat dins de les dones.

»Penetra'm ja, Cercamón, el teu amor és fi i perfecte; entra en el meu cos ingràvid amb la teva buidor de cor. No sentiràs res: espera, allò que sempre ha vingut canviarà de direcció, el teu torrent brollarà riu amunt, allò que sortia quedarà endins, allò que de seguida finia durarà temps i temps: el teu cap s'obrirà alerta com quan sents un perill, però sense sentir-lo, el temps s'aturarà estàtic i tu et perdràs en l'oceà de llum que hi ha riu amunt, quan es va contra natura en la saviesa sublim del fin amors, desig esmerat fins a esdevenir el contrari i per tant la totalitat en assolir-ho simultàniament.

I Cercamón, amb els ulls fets calms per l'amor, assolí, sense voler, allò que tantes vegades desitjà amb el pensament; ho tingué com si no fos ell qui penetrés Esclarmonda, sinó un ésser retrobant-se a si mateix i mossegant-se la cua, devorant-se d'un costat per trobar-se a l'altre. Perdut en un mar de llum, extasiat en un temps detingut on ell ja no existia, sols conscient d'un total desig que es menjava i es nodria de si mateix, entrà en l'abraçada d'Esclarmonda, encegat en l'or dels seus cabells, precipitat en la llum escintil·lant dels seus ulls verds, caient, caient, caient cap endins al buit immens que s'obrí en el seu cervell clarivident.

A fora, la nit suau i amigable, anà girant l'univers silenciosament per no destorbar els dos amants.

XXV. Esclarmonda a Castellbò: Romània deserta

Quan sortí el sol, Cercamón despenjà Esclarmonda pel penya-segat i baixà ell després per la corda fins al torrent que voreja la cara est de la roca immensa. Anaren al lloc convingut on els esperava Raimon de Perella amb cavalls, per conduir-los cap a Catalunya. Es dirigiren pel pas de Pimorent vers Puigcerdà i prengueren després la baixada pel coll de la Perxa cap al Conflent. Feren parada i repòs al monestir de Cuixà on visitaren la tomba d'Oliba, passejaren pel claustre, floresta de símbols, considerant aquells bastiments, les dues altes torres, els jeroglífics musicats del claustre; Esclarmonda obrí el seu cor a Cercamón, confiant-li els pensaments que l'aclaparaven.

—Aquí hi ha la mostra del que els meus avantpassats començaren com una albada de vida i prosperitat: d'un món envellit, lúgubre i rudimentari en feren un jardí amb edificis magnífics com aquest monestir. En aquell temps, quan Oliba vivia, els castells no eren necessaris, s'imposà la Treva de Déu i les arts florien pertot arreu, com les flors en la tardana primavera del Pirineu. Centenars d'esglésies amb els seus murals, fustes pintades, talles, portalades de pedra, claustres amb capitells, ermites amb volta i absis rodons. La gent viatjava pels camins vorejant els rius i creuant-los per ponts de pedra, traçats per monjos i bisbes. Anaven a les fires i mercats vora la catedral i el convent; es treballava, es comerciava i es vivia amb suficiència i tranquil·litat. A les festes es ballava al carrer de la vila o davant l'ermita; s'escoltava el cant melodiós i solemne dels oficis religiosos en congregació sota les immenses voltes de pedra de les esglésies; es menjava, de tant en tant, tall i dolços; i es treballava per als fills conreant i bastint la casa pairal on arrelaria cada nissaga.

Esclarmonda s'assegué al pedrís entre dues columnes, els seus cabells d'or espurnejaven contraclarors com la llum del sol en l'aigua del brollador que hi havia enmig del claustre, darrera d'ella. El soroll de l'aigua i la frescor del lloc mitigava la melangia d'aquelles consiroses paraules que Cercamón escoltava contemplant-la fix, bevent la llum del seu rostre, la mel i l'ambre dels seus ulls.

—Ara tot ha canviat. Encara a Catalunya trobem recers de pau i prosperitat, però la causa s'ha perdut, el món ja no tornarà a ésser com abans, quan vivia el meu avi Arnau o la meva besàvia Ermessenda. El món dels trobadors s'acaba, Cercamón; tu en seràs un dels darrers. L'església de Roma ha guanyat i ja no podrem esplaiar el nostre tarannà con havíem fet fins ara. Vénen temps d'uniformitat, Cercamón, tothom resarà el mateix, pensaran igualment, només faran trobes a la Verge del Cel i el fin amors serà prohibit, desarrelat, com la llengua mateixa en què es canta.

»Potser Catalunya encara durarà un temps, però tard o tost serà tallada per l'afilada tisora de França i Espanya, esmolada per la reina Blanca. El país del Pirineu que tractà de formar el meu llinatge no s'ha fet: el van perdre a Beziers, a Muret, ara se'n desentén el rei En Jacme; els comtes de Tolosa l'han traït, Trencavell ha perdut, i tu i jo som dos nàufrags d'una foguera immensa, que salvem els darrers testimonis d'un món perdut, ensorrat, cremat: la terra gastada i l'erm creat per la reina Blanca amb el seu implacable cremar collites, arrasar camps, perseguir heretges, exiliar cavallers. És la Romània deserta que tu i jo veiem per darrera vegada, abans de travessar el Pirineu i acabar una vida de records profunds, intensos, feridors, tancada a tota esperança.

Cercamón li prengué la mà i alçant-la fins als llavis, aixecà els ulls per mirar al fons d'ella. Perduts en la contemplació de l'únic que els restava, passaren llarg temps, fins que la campana de l'àngelus anuncià el vespre i tornaren cap a dins.

L'endemà seguiren el camí vers Sant Pere de Roda, per dipositar allí les relíquies del tresor càtar. L'abat, acompanyat de dos cavallers templers d'alt rang que venien de Cotlliure, els acompanyà a la cambra on Gerbert habitava quan fou pupil i mestre a Roda. Encara hi havia l'astrolabi, els llibres de matemàtiques, els matraços i retortes prop dels forns on el mestre treballava l'espagiria. L'abat prengué una arqueta molt treballada amb figures que a Cercamón li recordaren les vistes als claustres; dins, hi col·locà el llibre i la copa del grial embolicada amb el llençol blanc de lli que li reté Esclarmonda. Els cavallers templers prengueren el tresor i caminaren cap a un passadís que, sortint de la paret de la cambra, s'enfonsava muntanya endins, penetrant les entranyes del roc de Sa Verdera; Esclarmonda i Cercamón els seguiren amb els ulls, fins que la foscor del túnel els va amagar en sa penombra. L'abat els acomiadà agraint-los la fidelitat de la missió acomplerta, i els proporcionà cavalleries, bagatges nous i escuders per al seu viatge fins a Castellbò, on Esclarmonda decidí de retirar-se.

De l'Empordà a la Seu per Besalú, Ripoll i Montgrony per creuar el Cadí cap a Bellver i seguir el Segre fins al riu de Castellbò, els dos viatgers trobaren un món reposat, pròsper, amatent, acollidor. Els horrors de la guerra a l'altra banda no havien penetrat en el Pirineu català. A Castellar de Mataplana, Cercamón retrobà els records dels seus principis com a trobador; reprengué el llaüt i cantà, en honor del seu mestre Bernat i del malaurat Hug de Mataplana, mort a Muret al costat del rei Pere, aquella cançó on es condensa en mots triats amb inspirada saviesa tot el sentiment que fou ànima i alenar del món dels trobadors.

Quan l'herba fresca i la fulla apar
i la flor poncella al verger
i el rossinyol alt i clar
alça sa veu i mou son cant
joia en tinc d'ell, i joia de la flor
i joia de mi mateix i de madona encara més;
de tot arreu sóc de joia voltat i ple,
però la joia que'm ve d'ella, a les altres venç.

Però els records de Montsegur, els anys de guerra, l'horror immens que visqué en la croada i la lluita, l'aclapararen amb un pes al cor que li deturà l'alenar, la veu se li tornà ronca i, sense voler, baixà el llaüt, callà un moment i, com inspirat per una visió estranya, canvià de veu i entonà una improvisada melodia que li sortí com un plany, brollant incontenible:

Veig els raigs amatents d'un gran crepuscle
que s'aproxima,
una llum esmorteïda surt darrera els monts.
Il·lumina a occident les muntanyes amb boirina
esborrades de llum rosa
dolent, com aquest cor meu.
Ara són totes rosades,
veig tot el Pirineu d'Orient a Occident
una gasa rosada difumina, entelant-les, les muntanyes.
El sol se'n va d'Occident,
només ens queda, a la Romània deserta,
l'inoblidable cant dels ocells.

Tothom restà silenciós. Cercamón baixà el llaüt mirant un punt borrós, la forma del qual es desfeia; l'assemblea es va separar lentament, cadascú amb els seus pensaments, i Esclarmonda, sense dir res, prengué la mà del trobador i apaivagà la boira dels seus ulls amb la llum clara i neta de sa mirada.

Malgrat els moments de tristor i enyorança, passaren a Mataplana dies tranquils i gairebé joiosos, recordant l'art dels trobadors i l'ambient cordial de la cortesia; però a la lluna de tardor, quan els ocells volen en aplecs, com pensaments silenciosos del cel, tornant cap a casa, Esclarmonda i Cercamón passaren el Cadí per la canal Baridana i descendiren el Segre per atènyer Castellbò.

Arribats al mesclant on les aigües de la riera de Castellbò s'endinsen en el Segre, foren sorpresos per una multitud congregada al voltant del convent de Costoja. Esclarmonda hi tenia enterrats la mare i l'avi, i volia retre homenatge a Ermessenda i Arnau en el seu panteó familiar. S'atansaren a la multitud com dos vianants més, sense donar-se a conèixer, i Cercamón, que anava davant, es girà sobtadament, retrocedint esgarrifat i embolicant amb una abraçada la mirada d'Esclarmonda.

—Fugim d'ací. No vulguis mirar, és la fi de l'horror anant més enllà de la mort.

Esclarmonda s'apartà suaument del seu enllaç i serenament caminà cap a l'església: uns frares dominicans havien desenterrat els cossos de la mare i del vescomte Arnau i, llegint una butlla condemnatòria decretada per la inquisició de Barcelona, exhumaven, arrossegaven fora de l'atri, i cremaven, les despulles del seu avi i la seva mare. «Pronunciando in super ut ossa ipsius si discerni poterunt, exhumantur et procul de cimiterio fidelium eiciantur... comitissa in manibus perfectorum hereticorum decessit. Qui aytal farà, aytal perirà!» Esclarmonda restà esglaiada. Una ràfega de vent remogué les despulles de la foguera: les cendres que volaren li feren plorar els ulls.

FI

NOTES I VARIACIONS

1. La cronologia dels personatges reals és adaptada a les necessitats de la narració: així, Gerbert estudià al Pirineu de 967 a 970, quan l'abat Oliba (971-1046) i el comte Ermengol d'Urgell (992-1010) no podien tenir-lo de mestre. Per altra banda, era més lògic que ambdós anessin a formar-se a Ripoll que no a Sant Pere de Roda. Ermessenda (975-1058) es troba en un cas semblant. Allò que sí que és cert, és que si els tres personatges haguessin estat educats en un monestir pirinenc al voltant de l'any 1000, la instrucció rebuda era la que podia tenir Gerbert.

   El bisbe de l'any 1000 a la Seu d'Urgell era Sala, sant Ermengol va ser-hi del 1010 al 1035. L'abat de Roda no fou Garí, que ho era de Cuixà, però el seu interès humà m'ha fascinat, induint-me a incloure el seu retrat al costat de Gerbert.
2. Els terrors de l'any 1000 han estat molt debatuts; el corrent desmitificador de la historiografia actual pretén que no existiren mai. Per començar, molts pagesos aïllats a les nevades valls pirinenques no sabien que eren a l'any 1000; els que ho podien saber, portaven una cronologia que apareix en els documents de l'època, comptant pels anys de regnat dels monarques carolingis. L'any no començava per Nadal, sinó per Pasqua.

   Henri de Focillon ha escrit el millor assaig sobre el moment cultural de l'any 1000, els terrors i promesa de futur, remarcant el paper preponderant dels monestirs pirinencs que ell qualifica de primer Renaixement europeu. Ortega y Gasset va fer la seva tesi doctoral, mai no publicada, sobre els terrors de l'any 1000, que he pogut llegir per gentilesa de la seva filla Soledad Ortega Spottorno. Norman Cohn en *The Pursuit of the Milenium* ha recensat els moviments mil·lenaristes de l'Edat Mitjana. Daniel le Blevec a *L'An Mil* fa un resum a l'abast de tothom, si bé amb un cert inevitable xovinisme francès. Textos d'historiadors contemporanis de l'any 1000 han estat publicats en el recull *Textes et Documents d'Histoire du Moyen Âge: Milieu VIIIè. siècle - Xè. siècle,* de P. Riché i G. Tate. Els dos historiadors de l'època a consultar són Glaber i Richer; el primer per a copsar la mentalitat de l'any 1000, Richer per la seva biografia de Gerbert.

El cant de la Sibil·la està tret de Remy de Gourmont: *Le Latin Mystique,* Les Éditions Cres et Cie., París, 1922. Àngel Guimerà en el poema «L'any Mil» copsa magistralment l'atmosfera imaginària del pas del mil·lenni, detall que em fou assenyalat per Josep Pla, qui s'interessà molt per Gerbert quan va saber que fou ell l'introductor del zero a Europa.

3. Per fer-se una idea dels coneixements manejats pels monjos pirinencs, cal llegir els següents estudis de Lluís Nicolau d'Olwer: «La Littérature latine au Xè., XIè. et XIIè. siècles», recollits juntament amb altres treballs sobre l'època dins el llibre *La Catalogne a l'Époque Romane,* Lerroux, París, 1932, pàgs. 182 a 225.

Sobre l'estada de Gerbert, vegeu: «Gerbert i la cultura catalana del segle X» a l'Anuari de l'Institut d'Estudis Catalans del 1910. Del mateix autor, «L'Escola Poètica de Ripoll», on es dóna el catàleg de llibres continguts al scriptòrium. Pel nivell científic cal consultar J. Millàs Vallicrosa: «Assaig d'història de les idees físiques i matemàtiques a la Catalunya medieval», *Estudis Universitaris Catalans,* Barcelona, 1931, vol. 1. Sobre la influència de les fonts aràbigues als monestirs pirinencs, vegeu Juan Vernet: *La cultura hispanoárabe en Oriente y Occidente,* Ed. Ariel, Barcelona, 1978.

Sobre l'astrolabi de Ripoll, un article de Vernet a «La Vanguardia», 24 novembre 1978, titulat «Ripoll, cuna de la ciencia occidental».

La vida de l'abat Oliba està biografiada per monsenyor Albareda, O.S.B., de Montserrat: *L'abat Oliba, fundador de Montserrat, assaig biogràfic,* Montserrat, 1972. Raimon d'Abadal: «L'abat Oliba i la seva època», dins *Dels visigots als catalans,* Edicions 62, Barcelona, 1970. Mossèn Eduard Junyent, autor d'*Esbós biogràfic de l'abat-bisbe Oliba,* fou el conservador del Museu Episcopal de Vic, on es guarda el segell amb l'empremta de l'anell de Bernat de Tallaferro, que li havia donat Oliba: era un camafeu romà.

4. Pel que fa a l'estada del Dux de Venècia Pere Ursèol a Cuixà i de sant Romuald, fundador de la Camàldula, vegeu T. Tolra: *San Pierre Orseolo, doge de Venise, puis benedectin du monastère de Sant Michel de Cuixà. Sa vie et son temps, 928-987*, París, 1897.

El tema de les arquetes de Gilgamesh es troba al·ludit en les guies del monestir: *Cuixà*, Edicions de l'Abadia de Montserrat.

La desconcertant i encisadora hipòtesi del cant de les pedres es troba argumentada en l'obra de Màrius Schneider: *Le chant des pierres*, Arche, Milano, 1975.

Sobre els llocs de poder, la dansa i les energies tel·lúriques, vegeu John Michell: *The Earth Spirit*, Avon Books, Nova York, 1975, i també Carlos Castañeda: *Las enseñanzas de Don Juan*, *La otra realidad* i *Viaje a Itxclan*, a Fondo de Cultura Económica, Mèxic.

5. El viatge d'Ermessenda a Roma no es va probablement produir mai. El comte Borrell II hi anà amb Ató el 970 per assolir la independència de la seu de Vic respecte del bisbat de Narbona. En tot cas, el Concili de la Seu va ésser el 1011 i Gerbert va morir el 1003, per la qual cosa no es podien trobar. L'encàrrec del llibre d'astronomia, multiplicació i divisió dels nombres que Gerbert demanà al canonge Llobet, Lupitus, de Barcelona, està documentat a les cartes de Gerbert. Vegeu Julien Havet: *Lettres de Gerbert, 983-997*, Alfonse Picard Ed., París, 1889. També he consultat Louis Barse: *Lettres et discours de Gerbert*, A. Jouvet Libraire-Éditeur, Riom, Puy de Dôme, 1847.

El bisbe Ató de Vic, que va ensenyar matemàtiques a Gerbert quan aquest sojornà al Pirineu, no podia acompanyar Ermessenda a Roma, perquè morí misteriosament l'any 971, quan travessava el Roine, tornant de Roma d'assolir la independència de Vic de la seu de Narbona, i havent rebut la metropolitanitat de Tarragona.

La part de biografia de Gerbert citada es troba textualment a la *Histoire de France*, de Richer, contemporani i biògraf de Silvestre II, editada per Robert Latouche, Les Belles Lettres, París, 1967.

El poema de Boeci es troba a les obres de Gerbert recollides per Havet i Barse.

6. L'actuació de Bernat Tallaferro contra l'abadessa Ingilberga i les monges de Sant Joan de les Abadesses, tractant-les de «meretrius de Venus», és un fet històric recollit per Albareda i Abadal en les obres citades, i per Esteve Albert: *El monestir de Sant Joan de les Abadesses*, Rafael Dalmau, Editor, Barcelona, 1969.

7. L'episodi de Fèlix d'Urgell i l'adopcionisme em sembla crucialment significatiu de la lluita dels pirinencs contra el franc;

com assenyala Abadal a *La batalla del adopcionismo en la desintegración de la Iglesia visigoda,* discurs de recepció a la Real Academia de Buenas Letras, Barcelona, 18 de desembre de 1949, l'heretgia adopcionista era també la lluita de l'Església visigòtica per a mantenir la seva independència contra els intents de colonització de Carlemany. Curiosament, el Beat de Lièbana va fer costat a l'imperialisme franc, enfrontant-se a Fèlix i a Elipand, primat de Toledo.

8. L'expedició dels catalans a Còrdova es troba a l'article d'Esteve Albert: «El saqueo de Córdoba por los catalanes», a la revista *Historia y Vida;* les fonts originals a *La España musulmana,* de Claudio Sánchez Albornoz, Espasa-Calpe, Madrid, 1974, pàg. 590.

   Ibn Hazm va viure del 994 al 1063 i podia trobar Ermessenda en les circumstàncies inventades ací; les seves teories sobre l'amor foren escrites el 1022 a Xàtiva quan redactà *El collar de la Paloma,* editat per Alianza Editorial, Madrid, 1971.

   L'audiència on el califa, amb sublim esnobisme, apareix vestit de *hippy* i assegut per terra va ésser un número d'Abderraman III, mort l'any 961, recollit per Claudio Sánchez Albornoz a *La España musulmana,* Espasa-Calpe, Madrid, 1974, i per Raimon d'Abadal: *Dels visigots als catalans,* Edicions 62. Sobre les biblioteques de Còrdova, les dades són tretes de Sánchez Albornoz i Barse, *op. cit.*

9. La personalitat fascinant d'Ermessenda m'ha estat assenyalada per mossèn Antoni Pladevall en fruitoses converses plenes d'erudició i d'intuïció que han estat cabdals per al poc d'exactitud històrica que té el llibre. Vegeu Antoni Pladevall, prev.: *Ermessenda de Carcassona,* editat pels Comtes de la Vall de Marlès, Barcelona, 1975. També Antoni Pladevall: *Els monestirs catalans,* Edicions Destino, Barcelona, 1978.

10. El senyor Esteve Albert i Cosp amb la creació del Retaule de Sant Ermengol, representat pels ciutadans de la Seu d'Urgell, disparà fa molts anys la meva imaginació d'adolescent vers el tema de l'any 1000. A ell dec segurament la llavor imaginativa d'aquesta obra. Després, les seves converses i llibres s'han provat summament fructuoses, especialment *Les fortaleses de la frontera natural de Catalunya i el rei En Jaume,* XX Assemblea Intercomarcal d'Estudiosos, Sant Feliu de Guíxols, 1977.

    El monjo de Montserrat Gregori Estrada m'assabentà del càntic gregorià en moviment. El conservador del museu de Perelada, senyor Barrachina, em mostrà el capitell i el cap del mestre de Cabestany, que he introduït a l'episodi dels picapedrers. La senyora Magdalena Salarich de Llimona em facilità informació sobre Vic de l'arxiu del seu avi. El senyor Joan Sansa, de la Seu d'Urgell, que al cel sigui, i el meu amic

Ventura Rebés, que ja hi és, em donaren en converses i excursions mant detall paisatgístic que he utilitzat.

11. Sobre Cuixà he consultat *Les Cahiers de Saint Michel de Cuixà,* editat a l'Abadia. Albert Cazes: *Saint Michel de Cuixà,* Prada, 1967; i la *Marca Hispànica* de Pierre de Marca, París, 1665.
12. Sobre el Pirineu he consultat, a més de les notes al *Canigó* de mossèn Cinto, Luis Solé Sabarís: *Los Pirineos,* Ed. Alberto Martín, Barcelona, 1951, i Josep M. Guilera: *Unitat històrica del Pirineu,* Editorial Aedos, 1964. També Salvador Vilarrasa i Vall: *La vida dels pastors* i *La vida a pagès,* Impremta Maideu, Ripoll, 1975.
13. Sobre la dicotomia Mediterrani-Bàrbars, vegeu les cartes de Sidoni Apol·linar, autor occità del segle v, a Campridius, queixant-se de la tosquedat dels francs: «Els seus cabells untats amb greix, els seus ulls humits tenen reflexos d'un blanc verdós.» Abadal, a *Dels visigots als catalans,* escriu: «Entre els romans cultes de l'època sobreviu un sentit de repulsa física envers els bàrbars, que expressa Sidoni Apol·linar; i Salvià mateix no pot deixar d'al·ludir a llur fortor.» També les destruccions de Carles Martel a l'Occitània el 737. Només un altre detall: a l'Europa del Nord no existiren ciutats fins al segle XIII; civilitzat ve de «civitas», ciutat. Resten tres llocs civilitzats en el món: Xina, Índia i el Mediterrani, on es manté una tradició urbana ininterrompuda des de la prehistòria; la resta són territoris en curs de civilització, com ho demostra l'ús vulgar que els bàrbars del Nord fan de la tecnologia inventada per ells, cultures mecàniques sense valors humanistes, manufacturers organitzats que saben fer, però que no saben perquè ho fan, en una confusió de mitjans i finalitats típicament bàrbara.
14. Cercamón fou un dels primers trobadors, mestre de Marcabrú, que abans es deia Panperdut; de nissaga desconeguda, podia haver estat, com aquí es diu, de la Seu d'Urgell. Si de Marcabrú es coneixen dades vers 1135-1155, hem de suposar Cercamón una mica anterior. També hi ha qui diu que Cercamón fou el deixeble de Marcabrú. Bernat de Ventadorn (1148-1194) s'atansa més a la cronologia de l'acció d'eixa segona part que se centra entorn del 1212. Hem escollit ambdós com a arquetipus de la recerca trobadoresca; Bernat perquè deixà els més fins versos, Cercamón perquè és aquell que cercà el món i trobà Esclarmonda, la llum del món.
15. El jutjament de N'Hug de Mataplana és transcrit literalment de la novel·la de Ramon Vidal de Besalú *Judici d'amor,* que comença: «So fo el tems com era jais.» Ramon Vidal va freqüentar totes les corts de Catalunya i Occitània; el seu protector més conegut va ésser Hug de Mataplana, vassall de Pere II amb qui morí a Muret. És al castell de Mataplana,

del qual l'autor cercà en va les restes a Castellar de N'Hug, on se situa l'escena del *Judici d'amor*. El prat encara hi és. Vegeu Joan Serra Vilaró, prevere: *Baronies de Pinós i Mataplana*, Biblioteca Històrica de la Biblioteca Balmes, sèrie II, volum II, Barcelona, 1930.

16. Per als trobadors he utilitzat l'excel·lent recull d'A. Serra-Baldó, d'Editorial Barcino, Barcelona, 1934. També l'obra exhaustiva de Martí de Riquer: *Los trovadores*, Editorial Planeta, Barcelona, 1975. A la Biblioteca Nacional de París vaig poder consultar M. Raynouard: *Choix de poésies originales des troubadours*, Imp. Firmin Didot, París, 1816, i la traducció francesa de les obres fonamentals de F. Díez: *Cours d'amour* i *La poésie des troubadours*, Jules Labitte, París, 1842 i 1845. Per a la teoria del «fin amors» m'he inspirat en Charles Camproux: *Le joy d'amor*, Course i Castelnau, Montpeller, 1965. També Pierre Belperron: *Joie d'amour*, Plon, París, 1948, i sobretot en René Nelli: *L'amour et les mythes du coeur, le corps feminin et l'imaginaire*, Hachette, París, 1975; *Raimon de Miraval, du jeu subtil a l'amour fou*, Verdire, Lagrasse, 1979; René Nelli amb René Lavaud: *Les troubadours*, en dos volums, el primer l'obra èpica, el segon la poètica, Editorial Desclée de Brouwer, Bruges, 1966. Jack Lindsay: *The Troubadours and their World*, Frederick Muller, Londres, 1976. També Manuel de Montoliu: *La llengua catalana i els trobadors*, Ed. Alpha, Barcelona, 1957; Manuel Milà i Fontanals: *De los trobadores en España*, Consejo Superior de Investigaciones Científicas, Barcelona, 1966, a qui dec les set virtuts de la vida del trobador que Bernat de Ventadorn explicà a Roger de Foix.

17. Per a les teories de l'amor vigents a l'època, vegeu André le Chapelain: *Traité de l'amour courtois*, Éditions Klincksiek, París, 1974, escrit que data del 1187, per tant, contemporani dels fets que novel·lem. Anterior, i segurament inspirador d'aquest, fou *El collar de la paloma*, d'Ibn Hazm, esmentat a la primera part, quan l'autor parla de l'amor a Ermessenda. Hi ha un recull de Norman R. Shapiro i James B. Wadsworth: *The Comedy of Eros*, amb set tractats medievals sobre l'amor. També el llibre encisador, però arbitrari, de Denis de Rougemont: *L'amour et l'Occident*, Plon, París, 1939, on es confon l'amor dels trobadors, fruit del Mediterrani, amb l'amor dels mites nòrdics de Tristan i Iseut. El Nord és el desig inassolible i la mort; en canvi, el Mediterrani és la joia de viure i el fin amors, distinció que, a Rougemont, la seva perspectiva nòrdica no li permet de veure. Molt més útil és el completíssim estudi de René Nelli: *L'érotique des troubadours*, Union General d'Éditions, París, 1974, on s'estudien les influències hispàniques, a través d'al-Andalus, de la cortesia i amor islàmics. Sembla ser que Guillem d'Aquitània va ésser amb Ar-

nau Mir de Tost a la presa de Barbastre el 1064 i s'emportà músics i cantaires mossàrabs; a la seva cort es creà la primera escola de trobadors.

18. De l'abundantíssima bibliografia sobre els càtars, he pres René Nelli: *Le phénomène cathare*, Privat, Tolosa, 1964, així com la seva antologia bilingüe: *Écrivains anticonformistes du Moyen Âge occitan*, Éd. Phebus, París, 1977. Per entendre les tendències dualistes en l'origen del catarisme, vegeu Steven Runciman: *Le manicheisme médieval*, Payot, París, 1949; també Arno Borst: *Les cathares*, Payot, París, 1978. És molt útil per claredat i concisió Fernand Niel: *Albigeois et cathares*, de la col·lecció «Que sais-je?», PUF 1979. Zoè Oldenburg: *Le boucher de Montsegur*. La història molt detallada de Michel Roquebert: *L'epopée cathare*, de la qual han eixit dos volums, 1198-1212 «L'invasion» i 1213-1216 «Muret o la dépossésion».

    L'aspecte legendari ha estat tocat per Otto Rahn: *Croisade contre le Graal*, Stock, 1974, enigmàtic personatge relacionat amb els nazis del grup Thule, que recorregué el Pirineu abans de la Guerra Mundial cercant els llocs càtars i morí misteriosament. Situa el mite del Grial a Montsegur. Jean Michel Angebert: *Hitler y la tradición cátara*, Plaza y Janés, Barcelona, 1975, insisteix sobre el tema. A la mateixa col·lecció, Gérard de Sède: *El tesoro cátaro;* Arthur Guirdham: *The Cathars and Reincarnation* i *The Great Heresy*, Neville Sparman, Jersey, 1970 i 1977.

19. Els textos contemporanis són dos: *La cançó de la Croada*, escrita per En Guillem de Tudela, Librairie Renouard, París, 1879, i Pierre des Vaux-de-Cernay: *Historia Albigensis*, Librairie, París, 1951.

20. Trobem el personatge d'Esclarmonda a Louis Palanqui: *Esclarmonda de Foix*, Imp. Lafont de Sentenac, Foix, 1911; Huon de Bordeaux: *Chanson d'Esclarmonde*; Coincy-Saint Palais: *Esclarmonde de Foix, princesse cathare*, Privat, Tolosa; J. M. Vidal: *Esclarmonde de Foix dans l'histoire et le roman*, Privat, Tolosa, 1911; Valeri Bernard: *La legende d'Esclarmonda*, Societat d'Estudis Occitans, Tolosa, 1936, amb l'elucidari molt interessant de Josep Carbonell.

    Per a Blanca de Castella, vegeu Jules-Estanislas Doinel: *Histoire de Blanche de Castille*, Alfred Mame et Fils, Tours, 1896. La seva intervenció decisiva està clarament consignada per F. Niel a l'obra citada abans: «On peut dire que c'est elle, bien plus que son valetudinaire mari ou son fils, Louis IX, qui fit la conquête du Languedoc.»

21. Per saber exactament allò que no volia fer, he llegit diverses novel·les: la trilogia de Michel Peyramaure: *La passion cathare*, Éds. Robert Lafont, París, 1978; la novel·la de Levis Mirepoix: *Montsegur*, Albin Michel, París, 1924, i Myriam et Gas-

ton de Bearn: *Gaston Phebus, le Lion des Pyrenées*, Antenne 2, Pathé-Cinema, Éditions Mengés, París, 1978, que serví de base a una impresentable sèrie de la televisió francesa.

22. Les dades més surrealistes de la novel·la les he trobades a l'Enciclopèdia Espasa: el somni de Domingo de Guzmán a Roma, la seva trobada amb sant Francesc, que jo situo al Panteó, la seva declaració que moria verge, el somni d'Innocenci III.

23. Sobre els templers i Jaume I, vegeu Antoni Pladevall i Font: *Guillem de Montrodon, Mestre del Temple i Tutor de Jaume I*, editat pels comtes de la Vall de Marlès, Barcelona, 1976. Per als templers en general, Miret i Sans: *Les cases dels Templers a Catalunya i Aragó*; també Pedro Rodríguez Campomanes: *Disertaciones históricas de la Orden y Cavallería de los Templarios*, Antonio Pérez de Soto, Madrid, 1747.

24. L'escena final de la sentència d'ultratomba i crema de les despulles d'Arnau i Ermessenda de Castellbò és un fet històric. Per a la casa de Castellbò he usat Joaquim Miret i Sans: *El Vizcondado de Castellbò*, Impremta La Catalana, Barcelona, 1900. També conté molta informació sobre els darrers moments del catarisme i seqüeles a Catalunya, Napoleó Peyrat: *Histoire des Albigeois.*

Martí de Riquer, a *L'arnès del cavaller*, ha deixat una suggestiva i documentada visió, amb imatges interessantíssimes, de la vestimenta i estris guerrers de l'època novel·lada ací.

Pierre Bonnassie, a *Catalunya mil anys enrera*, ha fet un estudi completíssim de l'economia i societat als segles X i XI (Edicions 62, Barcelona, 1979).

Ateneu Barcelonès, tardor 1980
Cinc Claus, hivern 1981

Sumari